Laurent Bénégui

Sa guerre

roman

Mialet-Barrault Éditeurs
3, place de l'Odéon
75006 Paris

www.mialetbarrault.fr

ISBN : 978-2-0804-5504-8

L'histoire est un cauchemar
dont je cherche à m'éveiller.

James Joyce (*Ulysse*, 1922)

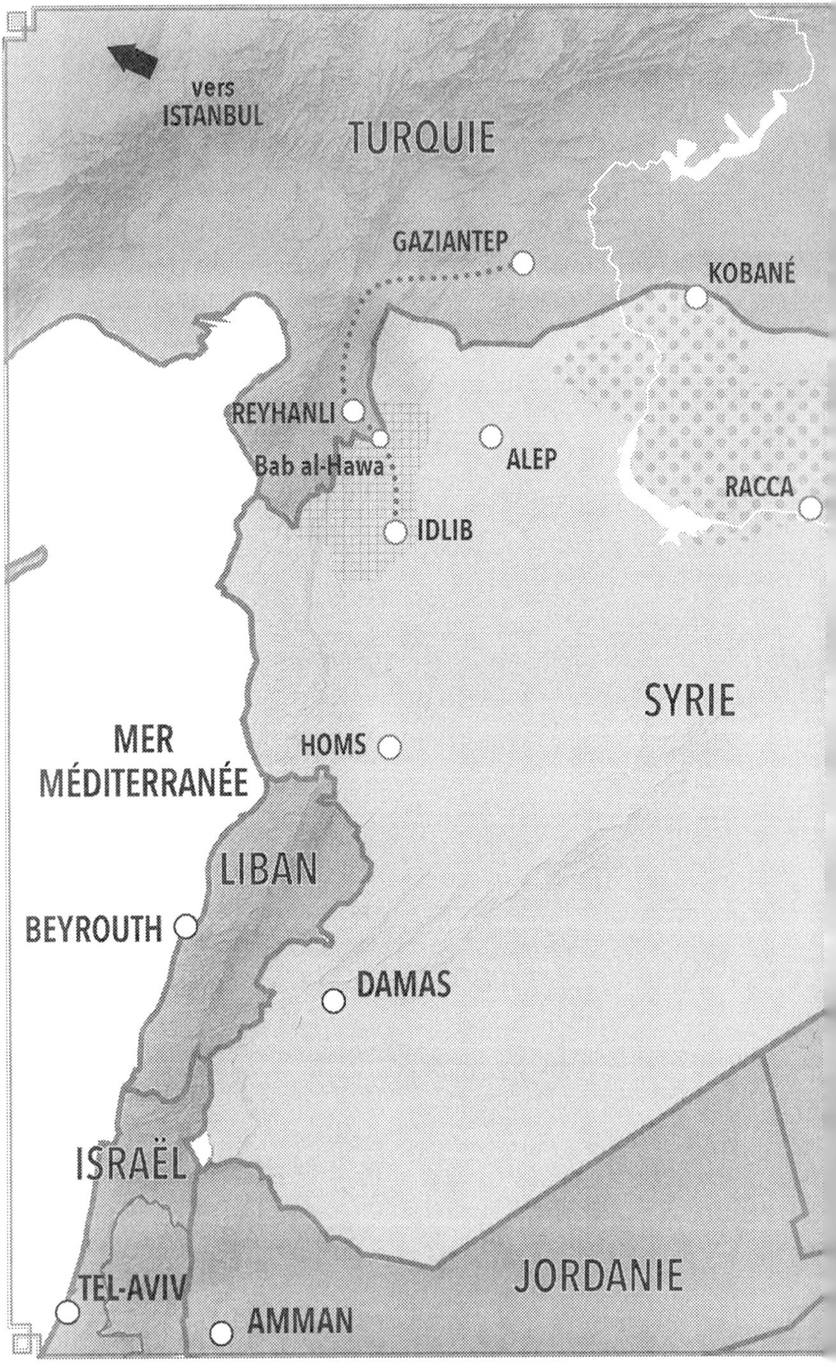
vers
ISTANBUL
TURQUIE
GAZIANTEP
KOBANÉ
REYHANLI
Bab al-Hawa
ALEP
RACCA
IDLIB
SYRIE
MER
MÉDITERRANÉE
HOMS
LIBAN
BEYROUTH
DAMAS
ISRAËL
JORDANIE
TEL-AVIV
AMMAN

PARCOURS D'HÉLÈNE
Tigre
KAMESHLI
Al-Roj
Al-Hol
MOSSOUL
ERBIL
Euphrate
Deir ez-Zor
Tigre
IRAK
AL-BAGHOUZ
Euphrate
BAGDAD
Protectorat d'IDLIB
ROJAVA (AANES)

PREMIÈRE PARTIE

Autour de moi les cœurs battaient faux. Ils déraillaient et se mettaient en pause. Ici, un enfant était fauché en pleine course. Là, un sportif s'effondrait sur la pelouse d'un stade. Ailleurs, une adolescente succombait en dansant. La mort subite les avait emportés, elle assassinerait les survivants à petit feu. Les familles incriminaient Dieu, le sort, ou la marche bancale du monde. Sans exception, elles reprochaient aux médecins de n'avoir rien vu venir. À l'époque, je dirigeais le centre de référence des troubles du rythme de l'hôpital européen Georges-Pompidou et je pouvais leur venir en aide. J'étais la cardiologue française qui connaissait le mieux le syndrome du QT long congénital, cette anomalie de la conduction électrique du muscle cardiaque qui tue à un âge où on ne doit pas mourir. J'avais quarante ans, rien ne s'était offert à moi dans ce milieu que les hommes avaient façonné à leur mesure. J'avais dû saisir la vie, la contraindre souvent, mais comme j'avais su, à l'occasion, la caresser et l'enchanter, je vivais dans l'illusion que, tout compte fait, nous ne nous entendions pas si mal.

Le 13 avril 2015, je somnolais dans l'avion, de retour de New York où j'avais répondu à une invitation de l'université Columbia. Une semaine d'échanges avec mes homologues américains pour mettre en place un projet de recherche sur les modèles animaux qui nécessiterait mon retour un an plus tard. La voix du pilote, annonçant notre descente en direction de l'aéroport Charles-de-Gaulle, me sortit de mon demi-sommeil. À Paris, la température était de 25 °C, anormalement élevée pour ce printemps.

Un quart d'heure plus tard, nous avions atterri et l'avion roulait en direction de son point de stationnement. Les boucles des ceintures de sécurité cliquetaient dans la cabine tandis que les passagers les plus pressés ouvraient les compartiments à bagages. J'ôtai le mode avion de mon smartphone et découvris le message de Manon, enjolivé de cœurs et de baisers, qui venait d'arriver sur WhatsApp : *Bon atterrissage ! T'inquiète, je rentre tard ce soir, je révise mon bac blanc chez Lucie !*

Je souris tendrement. Tout au long de la semaine, ma fille n'avait pas manqué de me tenir informée du fonctionnement de notre petite cellule familiale : *Le chat se sent seul, il réclame sans cesse, j'ai doublé sa ration de croquettes – La chaleur est étouffante à Paris, je dois arroser les plantes tous les soirs – Je nettoierai l'appart avant ton arrivée !*

À tout juste dix-huit ans, malgré mes absences fréquentes, et celle, définitive, de son père, Manon était une jeune femme équilibrée. Après quelques tâtonnements lors de son adolescence, nous avions fini par trouver un mode de fonctionnement qui nous convenait et j'étais impatiente de la revoir, en espérant avoir la force de rester éveillée jusqu'à son retour tardif.

Immédiatement après avoir ouvert la porte de l'appartement, je fus alertée par une odeur nauséabonde. Je posai ma valise dans le salon ; un coup d'œil à l'intérieur de la caisse d'aisance de Stéthoscope me révéla que le bac était encombré de déjections. Comme pour s'en plaindre, le siamois vint se frotter à mes mollets en miaulant. Ses deux gamelles étaient vides, pas de croquettes ni d'eau. Je m'empressai d'ouvrir la fenêtre et pris l'air quelques instants sur le balcon, face aux frondaisons touffues des platanes, en me demandant si ma fille m'avait raconté des histoires.

Dans la cuisine, l'atmosphère était étouffante. L'avocatier, éreinté par le soleil, laissait pendre ses longues feuilles. Pourtant Manon le chérissait, elle avait fait germer le noyau et s'employait à couver cette plante d'une attention jamais mise en défaut. Je tâtai la terre, sèche, comme celle de chaque pot de la maison. Le ficus, le philodendron et les bégonias tropicaux avaient soif. L'appartement donnait l'impression d'avoir été déserté. Inquiète, je téléphonai à Manon et tombai sur son répondeur. Je raccrochai sans lui avoir laissé de message. Je savais qu'elle me rappelait toujours.

Je commandai un taxi et me glissai dans la salle de bains pour me rafraîchir, contemplant dans le miroir l'image d'une brune dont la frange dissimulait des rides de soucis. En ouvrant le tiroir sous vasque, je m'aperçus que les crèmes de Manon et sa trousse de maquillage avaient disparu. Si elle était allée réviser son bac blanc chez sa copine, je ne voyais pas la nécessité d'emporter de quoi être au top de sa beauté.

L'an dernier, elle avait officialisé sa relation avec Mathias, un garçon de son lycée, en réclamant un implant contraceptif. En tant que médecin j'avais combattu l'idée, me méfiant d'une technologie qui offrait peu de recul. En tant que mère je trouvais la méthode un peu radicale pour un premier amour. Finalement, Manon avait pris la pilule et Mathias l'avait quittée six mois plus tard. Leur séparation s'était mal passée. Peut-être Manon avait-elle fini par dépasser cette histoire et trouver un nouvel amoureux ? Je m'apprêtais à appeler sa copine Lucie lorsqu'un SMS m'avertit que mon taxi m'attendait en bas de l'immeuble. Mes consultations à l'hôpital débutaient dans moins de vingt minutes ; je ne pouvais pas faire attendre ces gens qui venaient parfois de l'autre bout du pays et quittai l'appartement, tenaillée par une sourde inquiétude que je m'efforçai de minimiser.

Dans l'après-midi, la température ne cessa de s'élever et les patients se succédèrent sans relâche. Shannon, mon assistante, avait serré les rendez-vous, comme après chacune de mes absences, mais à aucun moment je ne parvins à me concentrer. Pas à cause du décalage horaire et de la fatigue accumulée, mais parce que le silence de Manon me taraudait. À trois reprises, j'essayai de la joindre, en vain. Cette fois, je laissai des messages, mais jamais elle ne me rappela.

Ma dernière consultation fut particulièrement éprouvante. Je reçus la famille d'un adolescent de Montpellier victime d'un arrêt cardiaque en jouant au tennis et il me revint d'annoncer à son père, porteur du gène incriminé, qu'il avait transmis à son enfant ce qui l'avait tué, qu'en le concevant, en quelque sorte, il l'avait condamné. À la survivante de la fratrie je prescrivis des bêtabloquants et posai l'indication d'un défibrillateur interne. Pour ce frère perdu, j'espérais sauver une sœur. En de telles occasions, seule la pensée que ma propre fille vivait, indemne de toute maladie, qu'elle traçait un chemin de lumière dans l'existence, me régénérait et me permettait de supporter un tel fardeau. Mais à mon retour, vers vingt heures, Manon ne m'avait toujours pas donné de nouvelles. Stéthoscope m'accueillit et se lova pour ronronner sur mes cuisses après que je me fus affalée sur le canapé. Fébrile, je composai le numéro de Lucie, qui décrocha presque aussitôt.

— Ah, bonjour Hélène ! fit la jeune femme. Justement j'allais vous appeler pour savoir si vous aviez vu Manon…

Elle n'avait pas terminé sa phrase qu'une pointe transperça ma poitrine. Je sentis chaque poil, chaque cheveu se dresser.

— Elle m'a dit que vous révisiez votre bac blanc ensemble, répondis-je d'une voix blanche.

— Vous étiez aux États-Unis, c'est ça ? demanda Lucie après un silence.

— Oui.

— En fait, Manon n'a pas mis les pieds au lycée de la semaine, avoua-t-elle.

— Quoi ? Et tu sais où elle est ?

— Non.

Grande et élancée, les yeux verts, des cheveux châtains très clairs, Manon chavirait les cœurs de toute personne qui la croisait. Une proie. Elle était une proie.

— Mais j'ai reçu des messages presque chaque jour ! repris-je. Elle prétendait qu'elle était là !

— Bah, si elle vous a menti, c'est que c'est pas pire… Je veux dire, ça prouve qu'elle est en contrôle. Il ne lui est rien arrivé, quoi.

— Contrôle de quoi ? m'agaçai-je. Tu mens à tes parents, toi ?

— Ça arrive… Je suis désolée, Hélène, mais je crois qu'il ne faut pas trop vous inquiéter.

Je raccrochai après que Lucie m'eut convaincue que Manon reviendrait jeudi pour les épreuves du bac blanc. Les hypothèses se bousculaient. La première fut qu'elle était tombée enceinte et qu'elle avait avorté. Mais, à moins de complications, elle aurait dû réapparaître à temps pour nourrir le chat et arroser les plantes.

Il m'était arrivé la même chose, à son âge, à deux reprises, avant d'admettre que l'IVG n'était pas le meilleur moyen de contraception. La troisième fois, j'avais gardé l'enfant et Manon était née. Nous avions vingt ans Max et moi, étudiants en deuxième année au CHU de Nantes. Nous étions trop jeunes, obnubilés par la réussite aux concours, et notre relation n'avait pas résisté. Décidée à préparer l'internat, j'étais partie vivre à Paris avec Manon. Max n'avait pas voulu suivre. Il était resté sur les rives de la Loire où il envisageait de devenir urgentiste. Rapidement, nos échanges s'étaient espacés, pour disparaître au bout de quelques mois et nous étions devenus inexistants l'un pour l'autre. Jusqu'à ce que j'apprenne que Max était décédé dans un accident de voiture plusieurs semaines auparavant. J'avais emmené Manon sur sa tombe. Elle n'y était jamais retournée, je crois, et n'avait gardé aucun souvenir de son père, à part ceux que j'avais suscités en répondant à ses questions, lorsqu'elle en avait eu.

Je ne pénétrais jamais dans la chambre de ma fille en son absence, mais je m'y autorisai cette fois, déchirée entre la peur qu'elle ne me surprenne et l'envie d'être prise sur le fait. Son lit était bordé, ses affaires étaient rangées, ses cours de maths traînaient sur le bureau. J'ouvris les tiroirs à la recherche d'ordonnances ou de feuilles de soins qui auraient pu valider ma théorie, mais je ne trouvais rien. Sa tablette n'était plus là. Il manquait peut-être quelques vêtements dans son armoire. L'émotion me submergea à la vue d'une photo, épinglée sur le mur, sur laquelle nous figurions toutes deux, en robe d'été, sur un balcon en surplomb de la Méditerranée. Le cliché avait été pris en Sicile, l'année précédente, dans les jardins de l'hôtel où nous avions passé une semaine de vacances. J'eus peur que cette image heureuse n'augure d'une période révolue et je chassai cette réflexion en gobant un somnifère, malheureusement l'angoisse déjoua l'efficacité du médicament, m'entraînant dans un sommeil intermittent, agité, au cours duquel germa la conviction que, quoi qu'ait pu faire ma fille, j'en portais la responsabilité.

Au matin, je me levai incapable d'aller donner cours. Comment parler des anomalies de la repolarisation ventriculaire dans ce grand amphithéâtre, face à six cents étudiants de l'âge de Manon qui écoutaient les mêmes musiques qu'elle, portaient des vêtements semblables et regardaient les mêmes vidéos sur les écrans de leurs smartphones ? Plus d'un demi-millier devant moi, quand une, en particulier, me manquait.

Je priai Shannon de prévenir la fac que j'étais souffrante. Je lui demandai également de reporter mes rendez-vous de l'après-midi. J'invoquai un coup de froid consécutif à la climatisation forcenée de l'hôtel Hyatt et conclus en lui demandant de me faire suivre le texte de la publication pour la Société française de cardiologie. Puis j'avalai un café, ressassant les suppositions qui m'avaient envahi l'esprit, dominées par cette histoire d'IVG, qui n'était qu'une projection de mon propre comportement à l'âge de ma fille.

En fin de matinée je reçus un message de Lucie : « Hélène, est-ce qu'on pourrait se voir ? Hier je ne vous ai pas tout dit. » Je me précipitai au-dehors alors que le thermomètre franchissait les 30 °C. Des feuilles d'arbre sèches et roussies jonchaient les trottoirs parisiens. Je croisai des passantes en jupe légère, des hommes en short. À la sortie du métro Anvers, je fus prise dans un concert de klaxons et de cris de protestation. Des manifestantes empêchaient la circulation en réclamant qu'on adjoigne sur la plaque du boulevard Rochechouart le prénom de Marguerite, première abbesse de Montmartre. Deux ans après l'adoption de la loi Taubira, les rescapées de la Manif pour tous battaient le pavé sous bannière féministe. Rapidement, la manifestation dérapa. Un barbu en djellaba, jaillissant de sa camionnette immobilisée, et un membre du service d'ordre, portant brassard d'un mouvement catholique intégriste, en vinrent aux mains. Un quadra en vélo hurla que notre république était laïque. Un coup de poing partit, un démonte-pneu s'abattit et le pare-brise de la camionnette explosa. En quelques secondes la bagarre se propagea dans la colonne de véhicules bloqués.

Trois mois auparavant, le 11 janvier, j'avais participé avec Manon au mouvement qui avait suivi les massacres terroristes de la rédaction de *Charlie Hebdo* et du supermarché cacher de la porte de Vincennes.

À l'appel du président François Hollande, nous avions marché, toutes deux, bras dessus bras dessous, de la place de la République à Nation, formant chaîne avec des millions d'individus qui, dans l'ensemble du pays, défilaient en revendiquant d'être « Charlie ». Ma fille avait affiché ce slogan sur ses réseaux sociaux, puis elle avait proclamé être juive, par solidarité avec les victimes de l'Hypercacher. Cent jours à peine s'étaient écoulés et l'unité nationale volait en éclats sous mes yeux. Je pressai le pas, convaincue d'avoir à préserver ma fille des maux extrêmes du siècle.

Lucie m'attendait à une table en terrasse du café qui jouxtait la Cigale. Je ne l'avais pas revue depuis plusieurs semaines et je manquai de ne pas la reconnaître, avec ses cheveux coupés ras, ses bras recouverts de tatouages, d'autres arabesques d'encre entrelacées à la base de son cou disparaissant sous un débardeur en maille, des piercings aux sourcils et au nez. Sa métamorphose si rapide sonna comme une alerte. À leur âge, si on ne les suit pas de près, on les perd.

— Mes parents étaient d'accord, dit-elle dans un sourire, remarquant mes regards.

— Ça te va bien, répondis-je, sincère. C'est juste que je ne m'attendais pas à ce nouveau look.

— Vous voulez boire quelque chose ? Moi, j'ai commandé un demi.

— Un café…

— Au téléphone, je ne savais pas trop comment le dire, mais en fait, elle a un amoureux, Manon…

Elle jaugea ma réaction. Je restai silencieuse, précipitée de nouveau dans ma théorie d'IVG avec complications.

— On l'a connu à Tunis en octobre, reprit-elle. Un chauffeur de taxi qu'on a rencontré quand on y était, il nous a proposé de nous guider pendant notre séjour et ils ont eu un crush. Depuis, ils s'appellent, ils s'envoient des messages…

À l'automne dernier, Manon ne se remettait pas de sa rupture avec Mathias. Elle ne mangeait plus, ne voulait plus retourner au lycée. Je l'avais convaincue de se changer les idées à l'occasion des vacances de la Toussaint. On m'avait conseillé un club de vacances à côté de Tunis, une destination idéale en cette période de l'année. Désireuse de faire au mieux, j'avais offert le séjour aux deux filles, car les parents de Lucie n'avaient pas les moyens et moi, je ne voulais pas que Manon parte seule.

— Pourquoi tu ne me l'as pas dit hier ? demandai-je.

— Elle ne voulait pas que ça se sache, mais quand je vous ai sentie aussi inquiète…

Je n'étais plus inquiète, j'étais en colère.

— Comment il s'appelle ?

— Ayoub. Ayoub Zaouche.

— Quel âge ?

— Genre vingt-cinq.

— Tu crois qu'ils sont ensemble, en ce moment ?

— Elle ne m'a rien dit, mais je pense que c'est lié, en vrai.

— C'est qui ce type ?

— Il est super sympa, il nous a fait visiter la ville, il nous a emmenées à la plage à La Goulette. Franchement, Ayoub, il lui fait du bien à Manon. Vous auriez vu comment elle était mal à cause de sa rupture avec Mathias. Ce connard l'a plantée, comme ça, d'un SMS, et c'était fini. Il la calculait plus au lycée, alors qu'ils se voyaient tous les jours.

— Oui, je sais, j'étais aux premières loges, rappelai-je sèchement.

— Franchement, au pire, elle est de retour après-demain pour le bac blanc. Elle n'aime pas assez le lycée pour se retaper une année.

Le serveur nous apporta nos boissons et je me brûlai le palais en avalant mon café d'un trait.

— OK, dis-je, en essayant de rester calme, d'après toi elle est avec lui ici, à Paris ? Ou elle est partie le rejoindre ?

— Je ne sais pas, mais je me dis que comme il nous avait servi de guide à Tunis, peut-être qu'elle fait pareil ici. Ils sont peut-être allés dans un hôtel, répondit-elle, en faisant glisser vers moi une carte de visite.

J'observai le rectangle imprimé sur un papier fin, portant le nom de l'homme, son numéro de portable, précédé de l'indicatif 216, et sa profession : taxi, guide.

— Merci, dis-je en photographiant la carte avec mon smartphone. Tu m'as tout dit cette fois ?

Lucie baissa les yeux et hocha la tête. J'avais envie de la croire et, si elle avait raison, je lui étais reconnaissante d'avoir fixé une échéance au retour de Manon.

Je choisis de rentrer à l'appartement avant d'appeler Ayoub Zaouche, parce qu'à chaque retour j'avais l'espoir d'être accueillie par Manon. Mais de nouveau, seul le chat vint à ma rencontre. Je masquai mon numéro avant de composer celui de la carte, écoutant, après une rapide tonalité, une voix préenregistrée m'informer qu'il n'était pas attribué. J'eus beau me dire qu'à cet âge ils changeaient sans cesse de portable et d'opérateur, la déception de ne pouvoir exploiter cette piste me poussa dans la chambre de Manon. Cette fois, je retournai la pièce de fond en comble. Je fouillai compulsivement entre les piles de vêtements, effectuai un aller-retour dans la salle de bains pour inspecter le contenu du sac de linge sale. J'essayai d'en dresser l'inventaire, mais ma mémoire me jouait des tours. Manon aimait échanger ses fringues avec ses copines, ou en acheter sur des sites de vente en ligne qu'elle revendait la semaine suivante. Je n'arrivais pas à être à jour, j'étais perdue, sujette à des éblouissements. J'épluchai le classeur où elle gardait ses documents bancaires, mais ne trouvai aucune trace de mouvements inhabituels. Je téléchargeai Facebook et j'essayai de me connecter à son compte. J'effectuai, en vain, plusieurs tentatives avec les mots de passe que je croyais connaître. Bredouille, en sueur, je me réfugiai sous le jet frais de la douche, ébranlée d'avoir enfreint les règles d'intimité réciproque que j'avais moi-même édictées. Je tentai de me rassurer en invoquant ce que nous avions édifié depuis dix-huit ans : une attention mutuelle que rien ne pouvait remettre en question. J'allai chercher en moi la possibilité de la patience. Puis j'interrogeai la crédibilité de l'hypothèse Ayoub. Ma fille ne m'avait jamais rien caché de ses histoires sentimentales. Elle était même prolixe sur le sujet, m'amenant à m'interroger sur ce rôle de confidente qu'elle m'attribuait parfois. Alors pourquoi ne m'aurait-elle jamais parlé de cet homme, si cela durait depuis octobre ? S'il lui faisait du bien ?

Les heures passaient, la journée s'épuisait lentement dans la chaleur, quand me vint l'idée que je n'avais pas fouillé où il fallait. Je me précipitai dans ma chambre et ouvris le tiroir du bureau dans lequel étaient rangés les papiers et les documents importants. Le passeport de Manon aurait dû s'y trouver, à côté du livret de famille et des chéquiers. Il n'y était pas. D'un coup, je me rassurai en validant l'intégralité de la théorie de Lucie. Si Manon avait quitté la France, elle avait rejoint son amoureux à Tunis et serait certainement de retour jeudi.

Jeudi, en début d'après-midi, je franchis la porte du commissariat et déclarai au fonctionnaire de l'accueil que je voulais signaler la disparition de ma fille. Manon n'était pas revenue pour ses examens blancs. Elle n'avait répondu à aucun appel. On me demanda de patienter dans le hall, où je découvris avec effarement de nombreux avis de recherche. Des photographies placardées de jeunes femmes ou de garçons, portant mention de la façon dont ils étaient vêtus lorsqu'on les avait vus pour la dernière fois. Sur l'une d'elles, jaunie et écornée, le visage d'une fillette de sept ans, disparue depuis 2005, apparaissait à côté de son portrait extrapolé numériquement, vieilli de dix ans. Je ne pouvais pas croire qu'il y en ait tant, à Montauban, à Paris, à Strasbourg, à Bordeaux, dans toute la France, évanouis, dissipés depuis des semaines, des mois, des années, et que personne n'avait jamais retrouvés. Estompés, jusque dans les souvenirs de leurs proches. Je fus prise d'un vertige à l'idée qu'un jour une image de Manon soit affichée sur ce mur.

— Madame Dompierre ?

Je me retournai et me retrouvai face à un policier, qui ne me sembla pas beaucoup plus âgé que Manon.

— Vous vous sentez bien ?

— Non, pas très, répondis-je, en prenant conscience que je devais avoir l'air épouvantée.

— Venez avec moi, je vais prendre votre déposition et on va vous donner un verre d'eau.

Aucun détail de cet entretien ne se fixerait dans ma mémoire. Ne persisterait que le sentiment d'une chute, une abyssale impuissance, forée en peu de mots par ce jeune lieutenant de police. Manon avait dix-huit ans, elle n'avait fait l'objet d'aucun signalement et le fait de sécher le lycée ne constituait pas un motif de disparition inquiétante. Sa liaison avec un chauffeur de taxi tunisien ne justifiait nullement le dépôt d'une plainte puisqu'elle était majeure. Je fus encouragée à déposer une main courante, dans laquelle je consignai les faits et les noms, puis mon interlocuteur me conseilla avec tact de ne pas trop m'en faire :

— Les fugues amoureuses s'achèvent le plus souvent par un retour au bercail.

J'avais envie de le croire, mais je réalisai qu'à chaque recul du retour de Manon, on me présentait une nouvelle raison d'espérer. Et s'il n'y en avait pas ? Si Lucie ou ce flic se trompaient ? Pourquoi ma fille ne m'avait-elle pas laissé un mot ? Une voix intérieure me murmurait qu'il existait un scénario du pire.

Le vide de Manon saturait mon espace mental. Son absence se fixait sur chaque instant de ma vie, comme un virus s'agrippe à une cellule avant d'y pénétrer et de la détruire. À l'hôpital, j'avais perdu mon entrain, je me forçais à m'intéresser aux travaux des doctorants, dont certains étaient originaires d'Amérique du Sud ou du Moyen-Orient. Je prescrivais sans pédagogie, j'écourtais les conseils. Je ne parvenais plus à faire preuve d'empathie devant les fissures familiales de mes patients, parce que la mienne était béante, bouillonnant d'un magma d'attente et d'incompréhension.

Évidemment, mon état ne put échapper à Shannon, qui me secondait depuis six ans. Elle était mariée à un universitaire, professeur d'histoire avec qui elle avait eu deux enfants sensiblement du même âge que Manon, et nous avions souvent discuté de la façon dont nous vivions notre condition maternelle. Un après-midi, en fin de consultation, elle me demanda ce qui se passait et je fondis en larmes, trouvant refuge entre les bras de cette solide femme rousse qui me dépassait d'une tête.

— C'est Manon, finis-je par lâcher entre deux sanglots, elle est partie...

Puis je lui racontai tout, le passeport, la police, Tunis, le chauffeur de taxi, le téléphone qui restait obstinément silencieux.

— Si vous voulez, Hélène, venez chez moi ce soir, on va appeler ensemble, là-bas, les hôtels, le club de vacances. On va retrouver sa trace.

— J'ai peur, ce n'est pas normal du tout... Elle me dit toujours où elle est, ce qu'elle fait. Là, elle m'a baladée avec des messages complètement bidon.

Le soir, je me rendis à son invitation, m'efforçant de marcher tranquillement, comme si cela avait été un jour banal, un dîner accepté parmi d'autres, mais au fond de moi j'étais bouleversée. Shannon habitait aux Lilas, juste de l'autre côté du périphérique, une petite maison en meulière dans une rue étroite, bordée de part et d'autre d'arbres de Judée en fleur. Sur le perron, je croisai son mari qui me salua et s'excusa de ne pas rester. À l'intérieur, je rencontrai leurs enfants, qui s'éclipsèrent aussitôt dans les étages. Je compris que, de la même manière qu'elle organisait méthodiquement ma vie professionnelle, Shannon avait mis en place les conditions de notre tête-à-tête afin qu'aucun embarras ne surgisse. Elle avait répertorié une soixantaine d'hôtels à Tunis et dans les environs immédiats, en éliminant les établissements les plus onéreux.

— Dans le haut de gamme, je n'ai gardé que le club que vous lui aviez payé l'année dernière... On revient toujours sur les lieux de son crime, plaisanta-t-elle en débouchant une bouteille.

— Bien sûr, je commence par là...

— On demande la réception, proposa-t-elle, on dit qu'on veut parler à Manon Dompierre, jusqu'à ce que quelqu'un nous la passe, ou nous apprenne qu'elle vient tout juste de sortir.

Elle me tendit son verre et nous trinquâmes. Dit comme ça, cela avait l'air simple. Je retrouvai l'espoir d'entendre la voix de ma fille. Je me demandai pourquoi je n'avais pas été capable de le faire moi-même.

Une soixantaine d'appels plus tard, la bouteille de vin blanc était vide et la réponse avait été invariablement négative. Personne n'avait de cliente répondant au nom de ma fille. La tête me tournait, l'embellie n'avait pas duré. Je proposai alors qu'on le trouve, lui. Après avoir fait défiler à l'écran plusieurs pages de chauffeurs de taxi proposant des courses dans Tunis ou des visites guidées de plusieurs jours, Shannon entra son nom dans le cartouche de recherche et deux visages apparurent. Un seul portait le bon prénom.

— C'est lui, Ayoub Zaouche...

Les cheveux courts, les traits fins, il affichait un sourire ample, presque enfantin. Il n'avait pas l'air beaucoup plus âgé que Manon. Grand et mince, vêtu d'un tee-shirt à manches courtes et d'un pantalon en toile claire, il posait devant une petite voiture gris métallisé. Vingt-six avis de clients lui avaient attribué quatre étoiles et demie en moyenne. Il ressortait des commentaires qu'Ayoub était avenant, ses prix abordables et son français, parfait. Je dénichai une contribution de Manon D, datant de novembre dernier, qui recommandait ce guide, qu'elle qualifiait d'« absolument incomparable ». L'expression me plongea dans une rage froide. Qu'avait-il d'incomparable pour m'enlever ma fille et me laisser sans nouvelles ? J'avais envie de lui abîmer sa jolie petite collection d'étoiles en y ajoutant un commentaire à ma façon. Je pris une photo de l'écran, que j'envoyai à Lucie par SMS : « C'est bien lui Ayoub ? » Elle me répondit presque immédiatement, par l'affirmative : « Oui, et c'est bien sa voiture. » Et le savoir nous menait où ? Manon avait si bien réussi à se volatiliser que je ne pouvais rien faire. J'avais passé toute ma vie à me demander si je m'y prenais comme il fallait avec ma fille. Si j'étais une bonne mère. Des séances d'haptonomie au cours desquelles j'avais découvert l'organisme qui flottait dans mon ventre aux jardins publics où j'observais le comportement de mes compagnes de poussette en révisant mes conférences d'internat. Plus tard, je m'étais efforcée d'être présente aux réunions d'information à chaque rentrée scolaire, de l'école maternelle au collège. Être mère avait joué un rôle déterminant dans mon choix d'étudier la cardiologie pédiatrique. Puis, lorsque le professeur Matisse m'avait désignée pour prendre sa succession à la tête du service, je m'étais persuadée que Manon était lancée dans la vie et que je pouvais relâcher mes efforts. À l'orée de son adolescence je pénétrais, croyais-je, dans un territoire balisé et, tandis qu'année après année je gravissais les échelons du monde hospitalo-universitaire, j'avais descendu ceux de mère, sans m'en rendre compte.

Début mai, je fus convoquée au commissariat où j'avais signalé la disparition de Manon. Au téléphone, le fonctionnaire fut incapable de m'en donner les raisons, mais il me pria de me rendre disponible aussitôt que possible. Le mois s'écoulait par à-coups entre les jours fériés et les ponts, entraînant un afflux de patients sur les créneaux de consultation disponibles ; néanmoins, je demandai à Shannon de libérer mon après-midi.

— S'ils avaient retrouvé sa trace, ils me l'auraient dit, lui confiai-je avant de quitter le service, inquiète.

— Hélène, le flic qui vous a appelée est chargé d'organiser le planning, c'est tout. C'est un peu comme si moi, je me mêlais de poser un diagnostic à quelqu'un qui demande un rendez-vous avec vous.

Le jeune lieutenant de police qui avait recueilli ma main courante me reçut dès mon arrivée et me pria de le suivre sans autre formalité. Je brûlais d'envie de l'interroger sur les raisons de cette convocation, mais son attitude fermée m'en empêcha. Il m'entraîna à sa suite, au premier étage du commissariat, puis au travers d'une enfilade de bureaux dans lesquels s'affairaient de nombreux personnels en civil et en uniforme. À mesure que j'avançais, mon cœur battait de plus en plus fort ; les bribes de conversation relatives à des menaces, des meurtres ou des accidents s'entremêlaient aux rires ou aux conversations plus banales des policiers. Nous arrivâmes devant une porte, le jeune lieutenant toqua, ouvrit et me fit pénétrer dans une pièce où je me retrouvai face à un homme d'une cinquantaine d'années, les cheveux courts, l'allure sportive, assis derrière une table. Il n'y avait pas d'autre meuble, un pan de mur était occupé par un miroir. Il s'agissait d'une salle d'interrogatoire. L'homme se leva et me tendit la main, se présentant d'un ton neutre en tant que brigadier Malbeque, de la DGSI.

Je m'assis face à lui, en essayant de retrouver la signification de l'acronyme.

— Direction générale de la sécurité intérieure, énonça-t-il, contre-espionnage et lutte antiterroriste.

Je me raidis, tandis qu'il posait une sacoche sur la table et y saisissait une chemise cartonnée.

— Cela a à voir avec Manon ? finis-je par articuler.

— C'est vous qui allez nous le dire, rétorqua-t-il, en faisant glisser deux photos sur la table.

Les clichés avaient été pris dans un aéroport. Le premier était un plan large. Le second, un plan serré sur un couple. Je reconnus ma fille, au bras d'un homme portant des lunettes noires. Il me sembla qu'il pouvait s'agir d'Ayoub Zaouche. Le visage de Manon était éclairé d'un large sourire, ce qui me rassura. Elle avait ramené ses cheveux en un chignon de danseuse. Elle portait des vêtements légers que je n'avais jamais vus.

— Il s'agit bien de votre fille ?

— Oui, c'est Manon. Vous l'avez retrouvée ?

— On aimerait bien, fit-il, lapidaire.

Le soulagement éprouvé en la découvrant, apparemment en forme, fut balayé par un accablement soudain.

— Je ne comprends rien. Elle a été prise où, cette photo ?

— En Turquie, à l'aéroport de Gaziantep.

Le jeune lieutenant de police, posté en arrière de l'agent de la DGSI, écoutait silencieusement. Son attitude exprimait une réserve déférente, comme si le cas de Manon ressortissait à un autre niveau hiérarchique.

J'examinai plus attentivement la photo, à la recherche d'un indice.

— La photo date du 15 avril, relança le brigadier. Le couple avait auparavant fait escale à Istanbul.

Donc, le jour de mon retour de New York, Manon volait vers l'est, au-dessus de la Méditerranée. Le message dans lequel elle prétendait réviser chez Lucie avait dû être envoyé depuis la Turquie. C'était vertigineux.

— L'homme qui est avec elle, vous le connaissez ? reprit le brigadier.

— Non, répondis-je, mais je sais comment il s'appelle… J'ai essayé de retrouver la trace de ma fille à Tunis. C'est un chauffeur de taxi qui lui a servi de guide là-bas. L'automne dernier. Ayoub Zaouche.

— De guide et un peu plus, opina Malbeque.

Son ton m'insupportait, mais il était dans l'intérêt de Manon que je reste calme.

— Amants peut-être, oui, concédai-je.

— Et complices, visiblement, lâcha-t-il en me présentant d'autres photographies sur lesquelles figurait la façade d'un palais mauresque, bordé de palmiers qui se détachaient sur un ciel uniformément bleu.

En l'examinant, je distinguai de nombreux véhicules de police stationnés devant les arcades de l'édifice et des corps, au sol, recouverts de draps maculés de sang. Sur des vues intérieures, des impacts de tirs d'armes automatiques défiguraient les murs d'un escalier de marbre, des traînées sanglantes étaient visibles sur les marches. Les images étaient atroces, mais je ne parvenais pas à en détacher le regard.

— L'attentat du musée du Bardo à Tunis, le 18 mars, lâcha le brigadier Malbeque. Vingt-deux personnes ont été tuées.

Je me souvins de l'émoi qui avait saisi le monde entier après cette horreur terroriste.

— Qu'est-ce que vous insinuez ? Que Manon est complice de cette abomination ? Ma fille n'a rien à voir avec Al-Qaida.

— C'est Daech qui a revendiqué cet attentat.

— Al-Qaida ou Daech, ou quoi que vous vouliez dans le genre ! m'insurgeai-je en repoussant les photos vers lui.

Je cherchais un argument pour lui prouver son erreur, mais le fonctionnaire ne me laissa pas reprendre mes esprits.

— Ayoub Zaouche faisait partie de l'équipe qui a préparé l'attentat. On pense qu'il est leur logisticien. Il a fui la Tunisie quelques heures après l'attentat et a disparu jusqu'à ce qu'il réapparaisse là, quelques semaines plus tard, à Gaziantep, fit-il en pointant la photo prise à l'aéroport. En compagnie de votre fille.

J'aurais voulu me lever et m'enfuir, mais il fallait que je réagisse ; je ne pouvais pas le laisser croire qu'il avait raison.

— Tout est faux ! À commencer par cette photo ! C'est un montage, c'est tout !

— Elle nous a été transmise par nos collègues du renseignement turc. Il n'y a pas d'erreur possible, ni de manipulation, répliqua-t-il. Les Turcs collaborent de façon étroite avec les services secrets européens, le califat autoproclamé par Daech est à leur porte.

J'avais suivi ces événements, certes, comme chacun. Mais de loin, et j'avais tendance à tout mélanger. Je n'avais retenu qu'une chose : des personnes que nous ne connaissions pas haïssaient notre mode de vie, notre société, et nous avaient déclaré une guerre, lointaine et aveugle. De mon point de vue, ils relevaient tous de la psychiatrie.

— Vous vous trompez sur ma fille, dis-je. Elle a rencontré cet homme en vacances l'année dernière, c'était juste un flirt, ça se voit sur la photo, elle a l'air heureuse, pas en cavale.

— Les islamistes radicaux ne sont pas tout le temps en train de faire la gueule, commenta le brigadier. C'est une de leur technique : rigoler, écouter de la musique, boire, fumer. Ça s'appelle la *taqîya*, dissimuler sa foi pour éviter la persécution. Une pratique qui a un fondement coranique, mais qui permet aux extrémistes de se fondre dans le système.

— C'est impossible ! m'emportai-je. Manon n'est ni extrémiste ni musulmane, elle n'est même pas catholique, elle n'a pas remis les pieds dans une église depuis son baptême !

— Quarante pour cent des jeunes qui partent faire le djihad sont issus de familles catholiques, répondit-il sèchement. D'ailleurs, on a trouvé la trace d'un compte Skype au nom de votre fille.

— Et alors, quoi ? Tout le monde a Skype…

— Daech utilise ce moyen pour convertir à distance. La personne se présente face à un guide spirituel, ou qui se déclare comme tel, elle prononce une phrase et c'est fait.

— Une phrase ?

Il me répondit dans un arabe qui me parut fluide, pour autant que je puisse en juger :

— *Achḥadou an lâ illâḥa illa-llâḥ, wa-achḥadou anna Mouḥammadan rassoûlou-llâḥ*. J'atteste qu'il n'y a pas de divinité en dehors de Dieu et que Muhammad est le Messager de Dieu, traduisit-il.

— Et c'est tout ?

— Il suffit d'être sincère. Si besoin, l'imam 2.0 délivre une attestation.

J'étais médusée. Le brigadier ne pouvait ignorer que ses propos me heurtaient et pourtant il s'exprimait sans précaution. Comme certains confrères annoncent à leur patient qu'il est atteint d'un cancer sur le même ton que pour leur réclamer leur carte Vitale. Il me présenta une nouvelle photo.

— Sur ces repérages qu'ils ont effectués au Bardo, elle n'a pas l'air malheureuse non plus. Nos amis tunisiens nous ont transmis ces images de vidéo-surveillance qui datent de l'automne dernier.

J'observai le cliché de mauvaise qualité, mais suffisante pour identifier Manon, traversant en compagnie d'Ayoub Zaouche un vaste hall qui était probablement celui du palais.

— Mais évidemment qu'elle a visité ce musée quand elle y était ! répliquai-je, hors de moi. C'est Zaouche qui les a guidées, elle et son amie Lucie. Elles ont fait comme des milliers de touristes, vous êtes complètement à côté de la plaque ! Vous feriez mieux de consacrer votre énergie à la retrouver au lieu de l'impliquer là-dedans !

— Madame Dompierre, je n'y peux rien si, quand vous avez déposé votre main courante, le nom de ce terroriste est ressorti dans notre système.

Suggérait-il que, si je n'étais pas satisfaite du résultat, je n'avais à m'en prendre qu'à moi-même ?

— La France a perdu quatre de ses ressortissants dans cet attentat, poursuivit-il. Ayoub Zaouche a eu beaucoup de chance de nous échapper jusque-là. Et c'est peut-être grâce à votre fille. Un couple d'amoureux attire moins l'attention qu'un homme seul lors des passages de frontière. L'enquête en cours nous permettra de reconstituer le trajet de votre fille. Un mandat de recherche international a été émis à son encontre : elle est soupçonnée d'être membre d'une organisation criminelle à caractère terroriste. Madame Dompierre, si elle tente de prendre contact, je compte sur vous pour nous en informer immédiatement.

Rien de tout cela n'était audible. Cela ne pouvait pas être arrivé à Manon. Pas à nous. Je le réfutais. Les propos du brigadier Malbeque salissaient ma fille et m'écorchaient. Ils m'infectaient. Je ne voulais pas les laisser se frayer un chemin en moi. Je repoussais de toutes mes forces cette monstrueuse théorie afin qu'elle échoue à trouver un abri. Et pourtant, une petite voix, une sale petite voix dans mon esprit, déjà, se demandait si ma fille avait pu changer à ce point, sans que rien m'ait alertée. Abasourdie, je murmurai, la tête entre les mains :

— Où est-ce qu'elle peut être ?

— En général, quand ils atterrissent à Gaziantep, ils ont en tête de passer en Syrie. La frontière n'est qu'à quelques heures.

Nous nous quittâmes sur l'annonce que des personnels de la DGSI effectueraient une visite à mon domicile afin d'examiner la chambre de Manon. Ma coopération était requise, dans mon propre intérêt. La menace n'était même pas voilée. Évidemment, j'avais l'intention de leur donner accès à ce qu'ils désiraient, mes propres affaires, mes relevés bancaires, mon téléphone et mon ordinateur, car je saisirais la moindre possibilité de leur démontrer qu'ils faisaient fausse route. En outre, Malbeque m'avait avertie que s'il me prenait l'idée d'envoyer de l'argent à Manon, j'étais susceptible d'être inculpée pour financement d'une organisation terroriste. Une mère ne rompt jamais le lien avec sa fille, avait-il lâché. Sans doute, mais la réciproque était-elle vraie ?

J'errai dans Paris, submergée de spéculations folles et contradictoires. Mes pas m'avaient conduite devant le parvis de l'église Notre-Dame-de-Lorette, où j'avais assisté quelques mois auparavant à la messe d'enterrement d'un de mes jeunes patients. Le souvenir de la qualité du recueillement de ces funérailles me guida à l'intérieur de l'édifice. Dans l'air frais, traversé d'effluves d'encens, je remontai la nef pour aller m'asseoir à quelques rangées de l'autel.

Ma mère m'avait élevée dans la tradition catholique. J'étais baptisée, j'avais fait ma première communion et j'étais allée à la messe jusqu'à l'âge de douze ans. À l'adolescence je m'étais éloignée de la foi, j'avais cessé de pratiquer et m'étais tournée vers la libre-pensée. Ne pas croire en l'existence d'un dieu m'avait gardée des interprétations fallacieuses ou surannées de ses préceptes. Mes années de pratique scientifique avaient achevé de me convaincre d'accepter l'hypothèse du néant. Celui d'après la mort. Sans appel. Mais le désespoir qui m'assaillait était tel que j'étais prête à marchander avec mon agnosticisme et à réclamer de l'aide, fût-ce au moyen d'une prière maladroite. J'avais recommandé à Manon d'emprunter la voie de la liberté de conscience ; était-il possible qu'elle en ait usé pour rejoindre la cohorte des fous de Dieu ? Je refusais d'admettre que ma fille ait apporté son consentement à une idéologie mortifère, qu'elle ait partie liée avec les extrémistes de tous ordres qui piétinaient l'héritage d'Abraham, catholiques incendiant des centres d'IVG, juifs occupant des territoires, les armes à la main, ou musulmans lancés dans une sanglante chasse à l'autre. La perspective qu'elle soit assujettie à un fondamentalisme religieux m'effrayait. Jamais je n'aurais imaginé que ma chair ait contenu pareil ferment. Avais-je empoisonné Manon avec une partie abominable de moi-même, dans une variation cruelle et cynique de la maladie héréditaire qui m'occupait ? À l'instar du QT long, dont les manifestations dépendaient aussi de facteurs externes, d'autres événements avaient pesé : l'éducation que je lui avais donnée, ma condition de jeune mère célibataire étudiant d'arrache-pied, puis de médecin travaillant sans répit. J'avais échoué à bâtir le cadre qui aurait évité à Manon de s'en remettre à de telles chimères.

Que de telles réflexions propagent leurs volutes sombres dans mon esprit démontrait que le discours du brigadier Malbeque avait pris racine. Et je restais là, face à l'abside, fixant la croix du Christ à m'en faire venir des larmes, sans pouvoir demander pardon à quiconque.

Dans les semaines suivantes, rien ne vint contredire les affirmations de la DGSI. Manon avait disparu depuis deux mois et les seules nouvelles qui me provenaient, indirectes et lointaines, étaient liées aux sinistres activités de l'État islamique. Je pris la mesure du nombre stupéfiant de jeunes qui avaient suivi l'exhortation à faire la *hijra*. En quelques mois, des dizaines de milliers d'entre eux, appartenant à plus de quarante nationalités, avaient migré sur les territoires conquis par Daech. Le proto-État s'était répandu comme une tumeur maligne sur un territoire de plus de cent mille kilomètres carrés, à cheval entre l'Irak et la Syrie. Abou Bakr al-Baghdadi, son leader, régnait par la terreur sur des millions de citoyens, dans une tentative de reproduire le califat abbasside qui s'étendait, à l'apogée de la civilisation arabo-musulmane, de l'Afrique du Nord aux contreforts de l'Himalaya. Il avait érigé la charia en loi universelle. L'organisation pratiquait des exécutions publiques, détruisait des monuments historiques, levait l'impôt et armait un contingent de plusieurs dizaines de milliers d'hommes au moyen d'armes prélevées aux nations phagocytées. Pour enrayer cette croissance expéditive, les Occidentaux s'étaient alliés avec de nombreux pays arabes. La coalition militaire, dirigée par Barack Obama, appuyait de ses raids aériens les troupes au sol. À l'est, les Kurdes. À l'ouest, les forces rebelles qui s'opposaient en même temps à Bachar el-Assad. De son côté, Vladimir Poutine avait pris la décision d'appuyer militairement le régime de Damas. Les Russes luttaient contre Daech tout en bombardant les rebelles. Je perdais la raison en imaginant ma fille au milieu de ce désordre indescriptible. Je l'imaginais tantôt hurlant, se débattant, fuyant les bombes, figure spectrale voilée de noir, à l'image de ces femmes entrevues dans un reportage, toutes identiques et silencieuses, entourées d'hommes barbus et rieurs, ou tantôt souriante, comme épanouie dans un souvenir de sable.

Le 21 août 2015, seul un miracle empêcha qu'un massacre ne soit commis dans le Thalys Amsterdam-Paris. L'arme d'un tireur, mandaté par Daech, s'enraya et il fut maîtrisé par deux soldats américains en vacances. Les fanatiques commettaient aussi des attentats au Pakistan, en Syrie, au Cameroun, et tuaient plus de musulmans que de chrétiens. Dans un désarroi total et en manque d'entendement, je me demandais si la théologie pouvait m'apporter un éclairage. J'envoyai plusieurs mails à des imams pour obtenir une audience, en vain. Je me rendis un vendredi soir à la mosquée de Bagnolet, comme on jette une bouteille à la mer, pour me retrouver face une centaine d'hommes en train de quitter l'édifice, vêtus de qamis immaculés, de boubous colorés, mêlés à d'autres en jean et tee-shirt ou en costume de ville. Face à telle muraille, exclusivement masculine, je reculai, intimidée, illégitime. En observant ces personnes qui se saluaient, s'embrassaient, riaient et s'invitaient à partager un bout de chemin, je compris qu'aucun imam n'allait répondre à ma sollicitation naïve. Daech était une offense à leur religion, un dévoiement. Un abcès politique et non confessionnel.

Je m'abonnai à la chaîne Al Jazeera, j'achetai un atlas, je repérai Gaziantep, la ville turque citée par le brigadier, et étudiai la ligne de la frontière avec la Syrie, où chaque nom était devenu synonyme d'une bataille : Idlib, Alep, Kobané. Mais derrière la géographie, les chiffres, ces visages barbus, ces têtes enturbannées, ces armes brandies, ces vociférations de haine, ces drapeaux noirs et ces niqabs, je cherchais juste un regard, celui de ma fille, et une clé de compréhension pour justifier un tel exil.

À Noisy-le-Sec, en Seine-Saint-Denis, au cinquième étage d'un ensemble d'immeubles sans âme, Jamila Ben Khaled vint m'accueillir à la porte de l'appartement qui abritait son association. La cinquantaine, discrètement maquillée, portant un chemisier en soie et un pantalon noir, elle présidait un collectif qui regroupait des familles françaises dont les filles et les fils étaient partis faire le djihad.

— Beaucoup de nos enfants sont en Syrie parce qu'ils avaient besoin de donner du sens à leur vie, dit-elle après que j'eus exposé les raisons de ma venue. Certains pour des raisons humanitaires, avec l'idée en tête de venir en aide aux populations musulmanes bombardées par Bachar el-Assad. D'autres pour lutter contre le tyran, comme pendant la guerre d'Espagne tous ces jeunes des Brigades internationales venus en aide aux républicains. Mais nos enfants ont été trompés par la propagande de Daech. Une fois arrivés, ils ont découvert que la violence de l'État islamique s'exerçait contre ceux qu'ils étaient venus secourir. Ils se sont retrouvés captifs d'un totalitarisme qui n'avait à leur offrir que la haine, la brutalité et le racket.

Comme je restais silencieuse, m'interrogeant sur la pertinence du parallèle historique avec les brigadistes, elle ajouta :

— Nous travaillons avec des avocats. Quand nos enfants reviendront en France, ils auront affaire à la justice et nos adhérents auront besoin d'être conseillés.

— Mais pour les faire rentrer, justement ? insistai-je.

C'était cela que j'étais venue chercher : des idées et des moyens de faire revenir Manon.

— Il faut qu'ils arrivent à repasser de l'autre côté de la frontière, en Turquie. Là, on peut les aider.

— Je n'ai plus aucun contact avec ma fille, lâchai-je. Depuis qu'elle est partie. Ça me rend folle.

— C'est compliqué pour les filles de rester en contact avec leur famille. Là-bas, elles ne sont pas libres, souvent, elles n'ont pas le droit de s'exprimer. Parfois, elles arrivent à envoyer un message en secret…

Une deuxième femme vint se joindre à nous. Nour portait une ample abaya bleu foncé, les cheveux couverts par un foulard de la même couleur. Elle acquiesça tristement aux propos de Jamila et prit la parole à son tour :

— Rahim, mon fils, est parti l'année dernière. La seule nouvelle que j'ai eue, après des semaines, c'est un appel d'un numéro syrien. Juste un coup de téléphone pour m'annoncer qu'il était mort : « Félicitations, votre fils est au paradis ! » Puis la personne a raccroché. Je n'ai jamais eu de preuve, pas vu le corps. J'ai fini par entrer en contact par les réseaux sociaux avec un jeune qui avait connu mon fils, je l'ai imploré pour avoir au moins une photo du corps, pour pouvoir faire mon deuil. Il m'a répondu qu'ils n'avaient pas pu en prendre, parce que Rahim avait servi de bombe humaine à Alep et qu'il avait éclaté en mille morceaux.

Nour se tut, la voix étranglée, les yeux humides.

— Les plus féroces là-bas, ce sont les convertis, enchaîna Jamila. Des Français, des Belges, des Espagnols qui veulent prouver qu'ils sont plus musulmans que les musulmans…

— C'est pour ça que vous devez être prête pour le retour de votre fille, elle aura besoin d'être aidée, reprit Nour.

— Et comment ça se passera ? demandai-je.

— Ils la mettront en garde à vue, la présenteront à un juge et elle ira en prison.

— Même si elle n'a rien fait ?

— Il faudra le prouver. Vous en êtes certaine ?

— Non, lâchai-je.

Je gardai le silence sur ce que la DGSI reprochait à Manon et Jamila ne me posa aucune question.

— Notre association regroupe des parents blessés, tous. Sans distinction de confession, conclut-elle. Nous serons toujours à votre écoute.

Chaque jour je me répétais que Manon ne pouvait être complice des personnes qui avaient massacré leurs semblables en Tunisie, au musée du Bardo. Il n'y avait pas d'amalgame possible entre ma fille et ces gens qui égorgeaient des otages, jetaient des homosexuels du haut des immeubles et avaient détruit la cité antique de Palmyre. Je n'avais pas été convaincue par le parallèle établi entre les volontaires étrangers embrigadés contre Franco en 1936 et ceux de 2015 venus soutenir l'insurrection contre Bachar el-Assad ; toutefois, j'aimais l'idée que pour Manon quelque chose de cela soit vrai. Ma fille avait certainement été motivée par la possibilité d'apporter un réconfort à des populations en souffrance. Cela collait davantage à son caractère. Sa génération tranchait avec la mienne, si peu généreuse et exagérément tournée vers elle-même. Manon était bouleversée par le sort des migrants, oppressée par notre legs écologique, horrifiée par l'ultralibéralisme économique. Et maintenant, elle se retrouvait piégée là-bas. La déflagration de la fin de son histoire avec Mathias avait joué un rôle décisif. Sa fragilité psychologique et son état de dépendance l'avaient conduite d'une emprise à l'autre. Ayoub Zaouche n'avait pas eu grand-peine à la convaincre. À la ravir.

Cela ne pouvait pas être autrement.

J'ouvris un compte Facebook en utilisant un pseudonyme emprunté à un de mes jeunes patients. Je devins Redouane, âgé de dix-huit ans. Mes parents étaient d'origine algérienne, j'habitais Marseille, j'étais fan de l'OM, de M. Pokora et je me déclarais intéressé par les actions humanitaires en Syrie. En photo de profil, j'optai pour un ballon de football. Sans me l'avouer, je caressais l'espoir de rencontrer Manon au détour d'un échange, ou quelqu'un qui la connaissait. J'explorai plusieurs pages liées à la Syrie, avant de rejoindre un groupe public qui collectait des dons en faveur des réfugiés de la guerre civile. La teneur générale des commentaires était à l'animosité vis-à-vis de Bachar el-Assad, que tous accusaient de massacrer son peuple. De fil en fil, je cliquai sur certains profils, attirée par un prénom, une silhouette juvénile, des images du désert ou de villes en flammes sous d'épais nuages de fumée noire. Par curiosité, j'adressai quelques demandes d'amitié, m'enhardissant tandis que commencaient à apparaître des emblèmes de Daech et des photos sur lesquelles des hommes cagoulés de noir paradaient, armes de guerre à la main. Davantage de phrases en arabe barraient mon écran et d'autres, en anglais et en français, étaient sans équivoque : une succession de statuts à la gloire du califat, qui vouaient les *kouffar* à la destruction. Je découvris une image de Paris avec un drapeau noir, marqué du sceau de Mahomet, flottant sur la tour Eiffel. Un vertige me gagna à mesure que les algorithmes me proposaient de nouveaux amis. Je cliquais et recommençais, glissant d'une page à l'autre, d'un lien à l'autre, pénétrant un univers dont les hommes semblaient tenir les rênes sans partage. Sur une page YouTube, une courte vidéo montrait l'exécution publique d'un Syrien, abattu d'une balle dans la tête. Je poursuivis mon exploration en entrant les mots-clés « Daech », « EI », « État islamique », « ISIS », et fus entraînée dans une succession d'images atroces, de commentaires haineux promettant la victoire des soldats d'Allah au-delà de toutes les frontières.

En quelques jours je fus aspirée par cette double identité. Le jour, j'étais le docteur Hélène Dompierre à l'agenda surchargé, qui sauve des vies et correspond avec des collègues émérites aux quatre coins de la planète. La nuit, j'étais Redouane, supporteur de la cause islamiste. Car le fonctionnement du réseau était tel qu'en acceptant les demandes d'amitié adressées à mon alias j'avais ajouté des prodjihadistes et qu'on m'en avait proposé de nouveaux. Ainsi, en peu de temps, le fil de Redouane s'était radicalisé. J'étais entraînée dans un espace qui louait la violence et l'affrontement, au point que des images qui m'auraient fait refermer mon ordinateur quelques jours plus tôt me laissaient désormais sans réaction. Je regardais des adolescents exécuter des soldats dans un désert. Je voyais des enfants s'entraîner à égorger leur peluche. Sous mes yeux, des corps planaient dans le vide, avant de s'écraser en contrebas d'un stade. Des dépouilles gisaient sur une grève au bord de la Méditerranée, leurs têtes coupées, posées sur leur propre torse. Des photos, des vidéos, likées et partagées des centaines de fois, métastases d'un cancer pernicieux de notre corps social. Dans la quête d'un indice qui me mette sur la piste de Manon, je croisai des recruteurs de l'État islamique qui orientaient ceux qui désiraient se convertir sur l'application cryptée Telegram. Les visages d'émirs de Daech s'affichaient à l'écran. Des Français appelaient au soulèvement mondial des musulmans sunnites et, parmi eux, Omar Diaby, Fabien et Jean-Michel Clain, élevés au rang de stars. Les réseaux sociaux servaient de vitrines à l'organisation terroriste. Ils rendaient le djihad accessible à des jeunes en rupture avec la société et leur offraient la perspective d'une identité retrouvée.

Si la majorité des internautes actifs étaient des hommes, quelques comptes affichaient des photos de femmes intégralement voilées. Par messagerie, j'échangeai avec l'une d'entre elles, qui avait renseigné « Allah » comme employeur. Je lui demandai si elle avait entendu parler de ma cousine, Manon, une Parisienne de dix-huit ans, arrivée récemment. Mon interlocutrice ironisa : je n'avais aucune chance de tomber sur ma cousine par hasard. Le califat était plus vaste que l'Angleterre et les Françaises s'y dénombraient par centaines. Celle que je recherchais pouvait se trouver n'importe où sur le territoire. D'autant que j'ignorais le prénom qu'elle s'était choisi au pays de Châm en remplacement de son nom de baptême.

Cette nuit-là, je naviguai entre la souillure indélébile du réel et un songe dans lequel Manon apparut et m'appela à l'aide de sa voix d'enfant. Il m'était impossible de rester inactive plus longtemps. Je ne pouvais pas croire que sans mon aide elle résiste à cette sauvagerie.

À l'aube, j'achetai un billet d'avion pour la Turquie.

DEUXIÈME PARTIE

Après huit heures de vol et une escale à Istanbul, j'atterris, fin octobre, à l'aéroport d'Oğuzeli, qui desservait Gaziantep. Je récupérai ma valise et traversai le hall encombré d'importants travaux d'agrandissement. Je reconnus aussitôt les verrières zénithales et les larges piliers entrevus sur le cliché de la DGSI. Six mois après la disparition de Manon, je marchais sur ses pas avec un mélange d'enthousiasme et de crainte, en espérant pouvoir reprendre le contrôle des événements.

À l'extérieur de l'aérogare, je fuis les sollicitations bruyantes des chauffeurs de voitures privées et m'engouffrai dans la Toyota jaune d'une compagnie de taxis officielle. Je communiquai l'adresse de mon hôtel au chauffeur, un homme d'une cinquantaine d'années qui parlait très bien anglais. Tandis que nous quittions l'enceinte de l'aéroport, il me demanda si je me rendais à Gaziantep pour tourisme ou pour affaires. Je prétextai une rencontre avec des collègues cardiologues en croisant dans le rétroviseur son regard dubitatif.

De nombreux camions circulaient sur la route principale, leurs ornements abondants et leurs illuminations en partie masqués par la poussière. De part et d'autre de la chaussée, des dépôts industriels, des hangars, posés sur des landes pauvres, presque rouges, où des frênes se rassemblaient en bosquets pour se protéger de la sécheresse. L'aridité et le dénuement du paysage contrastaient avec la douceur de l'air et un ciel bleu exempt du moindre nuage. Brusquement, le chauffeur mit son clignotant et immobilisa son véhicule sur le bas-côté.

— Une minute, s'il vous plaît.

Il quitta l'habitacle, alors qu'une dizaine d'hommes surgissaient d'un campement de baraques et de tentes installé dans un terrain vague. Je pensai aux conseils d'avant le départ : éviter de monter dans n'importe quelle voiture, se méfier du racket… Le chauffeur ouvrit le coffre. Il allait leur donner ma valise. J'étais tombée dans un piège. Je fouillai mon sac à la recherche de mon portable. J'allais actionner le système de blocage des portes lorsque l'homme réapparut dans le cadre de la fenêtre, ployant sous le poids d'un énorme sac de riz dont il se déchargea entre les bras d'un des arrivants. Puis il leur livra plusieurs cabas de céréales et des fait-tout en fer-blanc. La transaction s'acheva par la remise d'une liasse de billets au chauffeur, qui referma le coffre, réintégra la voiture et démarra aussitôt.

— Des réfugiés syriens, dit-il. On les ravitaille depuis l'aéroport.

J'observai, par la lunette arrière, le petit groupe s'éloigner en direction de son camp, jusqu'à être dissimulé par un entrepôt en tôles.

— Ils sont nombreux ici ?

— Deux ou trois cent mille… on ne les compte plus depuis le début de la guerre civile. Notre gouvernement construit un mur à la frontière pour les empêcher d'entrer. Mais qu'est-ce qu'ils peuvent faire, ces gens ? Soit ils sont tués par Daech, soit par Assad… À Alep, juste de l'autre côté de la frontière, le salaud a fait lâcher des barils d'explosifs, depuis des hélicoptères, sur le quartier où résidaient ces familles. Son propre peuple…

— Et ils vivent tous dans des camps ?

Il hocha la tête négativement.

— Les plus riches, ou ceux qui avaient de la famille en Turquie, s'entassent dans des appartements en ville. Ceux qui ont pu ont pris des commerces. Il y a des rues complètement syriennes à Gaziantep. On n'est plus vraiment chez nous.

Après avoir traversé un quartier récent de tours d'habitation, je découvris le cœur de la vieille ville, où deux millions d'habitants étaient massés sur une succession de collines couvertes de maisons en brique. Le taxi emprunta des ruelles pentues et étroites qui faisaient davantage penser aux favelas de Rio qu'à une cité moyen-orientale. Dans le centre, la pression du bâti se desserrait et des immeubles en pierre s'élevaient le long d'un parc, non loin du quartier des hôtels de standard international. J'avais choisi un ancien caravansérail, restauré et transformé en pension. À l'arrivée, je remis au chauffeur un pourboire conséquent, tandis qu'il me tendait ma valise avec un large sourire.

— Je vous souhaite un bon séjour, mais faites attention à vous, si vous vous rendez dans le quartier Inönü, je vous conseille de porter un foulard…

En pénétrant dans la cour intérieure, je me dis qu'il n'avait pas cru une seconde à mon histoire de réunion de médecins.

La nuit tombait, j'étais entourée de murs épais en pierre et les éclairages chaleureux, les sols en mosaïque, le fer forgé des balcons me procuraient un sentiment rassurant. De la fenêtre de ma chambre, j'apercevais la coupole de l'ancienne cathédrale Sainte-Marie, devenue la mosquée de la Libération, et j'entendis pour la première fois résonner l'appel du muezzin. Manon avait pu choisir de descendre dans cet hôtel. Nos goûts, en la matière, étaient proches. Peut-être quelqu'un l'avait-il aperçue ? J'envoyai un message à Shannon pour lui confirmer mon arrivée. Elle avait effectué un travail considérable en dirigeant au dernier moment la plupart des patients sur mes correspondants. Ma décision brusque avait pris de court Jean-François Sedel, qui dirigeait le service de cardiologie de l'hôpital, mais j'avais évoqué des raisons personnelles impératives. En début d'année, j'avais monté l'équipe qui avait remporté le dernier appel d'offres de l'ANR. Un programme de recherche en thérapie génique, doté de trois millions d'euros. Le montant assurait trois années de fonctionnement du département. Cela me donnait une certaine marge de manœuvre par rapport à mon patron.

Le premier jour, j'arpentai le bazar, les réceptions des hôtels, je m'assis à des terrasses de café en compagnie de groupes d'étudiants turcs qui profitaient de la clémence de l'automne pour refaire le monde. Jeunes hommes assemblés autour d'une chicha, quelques femmes aussi, dont certaines enveloppaient leurs cheveux d'un foulard chamarré. La question de l'afflux massif des réfugiés syriens et du comportement du gouvernement turc était au cœur de nombreuses conversations. Quand j'en avais l'intuition, je montrais la photo de Manon sur l'écran de mon smartphone. J'avais numérisé celle sur laquelle nous figurions toutes deux sur ce balcon surplombant la Méditerranée. J'expliquais que ma fille avait été vue ici pour la dernière fois avec son fiancé, mais je ne rencontrais que regards fuyants et haussements d'épaules chagrinés. Tout le monde semblait savoir ce que cela signifiait. L'arrivée des migrants syriens avait changé les rapports entre les citoyens de cette ville. Ces fugitifs avaient marché des journées entières, sans eau, sans pain, des familles, des enfants en bas âge, des femmes enceintes sur des chemins pentus et rocheux qui blessaient les pieds ou boueux et lourds après une pluie. Ils avaient échappé aux patrouilles de Daech, ils étaient parvenus à la frontière turque, où ils avaient dû franchir les fossés en cours de construction, échapper aux chiens de garde, abandonner leurs dernières richesses aux douaniers pour que ceux-ci ferment les yeux. Pour toutes ces raisons, à Gaziantep, on accordait plus d'attention à ceux qui arrivaient de Syrie, fuyant la guerre et les massacres, qu'aux Occidentaux qui avaient choisi de franchir la frontière pour s'ajouter au chaos.

Le deuxième jour, je revêtis un foulard pour me rendre dans le quartier syrien, où toutes les femmes étaient voilées, sans exception, leurs visages cernés par de stricts tombés de textile sombre. La pièce d'étoffe dont j'avais toujours condamné le port obligatoire, constituait à présent mon seul visa pour l'anonymat. À l'hôtel, on m'avait mise en garde : des hommes de Daech se dissimulaient parmi les migrants. Si de nombreux Syriens espéraient revenir un jour dans leur pays, d'autres, auxquels se mêlaient les terroristes, tentaient de se rendre en Europe. Je devais rester prudente dans le choix de mes questions et de mes insinuations.

Sur les trottoirs bondés, les vendeurs de fruits secs s'apostrophaient bruyamment. Ici, personne ne s'exprimait en turc, tout le monde parlait arabe. Peu de voitures, mais de nombreuses motos et quelques scooters hors d'âge qui pétaradaient sur la chaussée. J'avançais parmi les vracs d'épices, les amas carmin de piments, les ors du curcuma, les ocres des cumins et des cannelles. Je présentais la photo de Manon, en vain, mais je ne me décourageais pas, mue par une certitude dont je refusais d'interroger le fondement. *Ne rien faire, c'est échouer*, me répétais-je à chaque réponse négative, chaque fois qu'un passant détournait le regard. Comme à Paris on détourne les yeux des migrants qui tendent la main aux portes du périphérique. Depuis un an, le « protocole Cazeneuve » avait amélioré la coopération entre les polices nationales. Le texte prévoyait que les autorités turques avertissent la DGSI de la présence, sur leur territoire, de tout ressortissant français suspecté de djihadisme et le remettent à la France. Je nourrissais l'espoir de faire entrer Manon dans ce dispositif en trouvant un moyen de lui faire repasser la frontière turque dans le sens du retour.

À midi, je m'assis dans une rôtisserie et commandai un chawarma. Le jeune homme qui officiait derrière la broche verticale me demanda d'où je venais. Je lui répondis « Paris » et il frappa sa poitrine en clamant « Alep ». Puis il me désigna la devanture d'un magasin situé sur le trottoir opposé, me faisant signe de m'y rendre, répétant « français » à plusieurs reprises.

Dans ce petit salon de coiffure, un homme d'une cinquantaine d'années, au visage anguleux, émondait la tignasse de son client, à la barbe déjà soigneusement taillée.

— Vous êtes la Parisienne ? demanda-t-il en français, en me faisant signe de m'asseoir sur un des sièges en plastique.

Comme j'hésitais à répondre, il précisa :

— Depuis ce matin toute la rue parle de la Française qui cherche sa fille.

— Oui, acquiesçai-je en observant le client, qui semblait s'être endormi.

— Ne vous inquiétez pas, il ne comprend rien. Moi, j'étais professeur de littérature française à l'université d'Alep.

Sur les murs étaient punaisées une dizaine de photos où l'on pouvait voir des hommes se tenant par les épaules, cheminant en rangs dans d'étroites ruelles, pavoisées de drapeaux syriens. Sur l'un des clichés, le défilé se dirigeait vers une épaisse colonne de fumée noire.

— Nous aussi on a rêvé de notre printemps arabe et, à la place de la liberté, on a eu les massacres. J'étais toujours au premier rang des manifestations et, si je rentre tant que Bachar est au pouvoir, je serai emprisonné, je disparaîtrai. Ta fille est là-bas, c'est ça ?

— Je veux la retrouver.

— Ça fait combien de temps qu'elle est passée ?

— Six mois.

Il inclina doucement la tête, comme s'il n'était peut-être pas encore trop tard.

— Tu veux y aller ?

En fait, je n'avais pas encore véritablement clarifié mon projet, ou plutôt j'avais évité d'être transparente avec moi-même. La peur avait tiré un voile sur mes intentions. Mais comment pouvais-je faire autrement que d'aller plus loin ?

— En tout cas, tu ne pourras pas passer la frontière ici, poursuivit-il, comme s'il prenait mon absence de réponse pour un assentiment. Les Turcs construisent un rempart de béton dans toute la région, il y a des kilomètres de barbelés et des tranchées. Daech est juste de l'autre côté. Si tu y parviens, tu risques d'être prise en otage et tu sais comment ils traitent les *kouffar* ? Au début de l'été ils ont décapité deux femmes, ils ont dit que c'étaient des sorcières… C'est le Moyen Âge là-bas.

Il s'adressa en arabe à son client et lui tendit un miroir. L'homme sortit de sa torpeur, examina sa coupe, laissant son regard flotter jusqu'à mon reflet. Puis il hocha la tête en marmonnant quelque chose. Le coiffeur acquiesça, lui tendit un cahier où l'homme écrivit son nom et signa, avant de quitter l'échoppe.

— On s'entraide, expliqua mon interlocuteur. Ceux qui n'ont pas d'argent sont en compte. Ici, c'est la petite Alep. Tous les magasins sont tenus par des Syriens. Le chawarma en face, il étudiait le droit avant la guerre… Peut-être, un jour, les choses iront mieux.

— Je connais le nom d'un émir de Daech avec qui elle est partie, lâchai-je, brusquement. Ayoub Zaouche. Quand je serai en Syrie, je me servirai de ce nom pour entrer en contact. Dites-moi juste où j'ai une meilleure chance de pouvoir franchir la frontière.

C'était la première fois que j'évoquais le lien de Manon avec Daech. Il me toisa un moment avant de répondre, d'une voix lasse :

— Il faut aller à Reyhanli, c'est deux cents kilomètres plus au sud. Dans une région où il y a encore des échanges entre la Turquie et la Syrie. Là-bas, de l'autre côté, c'est le gouvernorat d'Idlib, où s'est regroupée l'opposition à Bachar.

Au-dessus de sa tête, la trotteuse d'une horloge ovale des années soixante-dix semblait épeler une phrase minutieusement calligraphiée à l'intérieur du cadran.

— « Bachar, sois maudit à chaque seconde », traduisit le professeur de lettres.

Le bus parcourut le trajet en six heures, en longeant les côtes méditerranéennes à leur point le plus oriental. À mesure que nous avancions, les touristes et quelques groupes de jeunes Turcs qui se rendaient dans les stations balnéaires cédèrent la place à des Syriens, une majorité de femmes, entièrement voilées, disparaissant sous les étoffes noires, ployant sous le poids de cabas en plastique distendus. L'une d'entre elles, portant un niqab intégral et des gants noirs, occupa le dernier siège disponible en s'asseyant à côté de moi. Seuls ses yeux restaient visibles et j'étais incapable de déterminer son âge. Je formulai le « *salam aleykoum* » dont j'avais appris à maîtriser la prononciation depuis mon arrivée et vis son regard s'animer. Je devinai un sourire, tandis qu'elle me rendait le salut de paix. Rapidement, nous échangeâmes au moyen du traducteur de nos téléphones portables. Khadija avait mon âge. La peur au ventre, elle retournait en Syrie, et se rendait comme moi à Idlib où sa sœur était tombée malade, afin de s'occuper de ses nièces et neveux. La porte des Vents, le poste-frontière de Bab al-Hawa, situé à quelques kilomètres de Reyhanli, était le seul point de passage perméable entre les deux pays car les Turcs avaient besoin du blé, du coton, du sésame et des olives qui poussaient en quantité dans cette région fertile de la Syrie. De nombreux échanges commerciaux s'y déroulaient, de jour comme de nuit, et je compris qu'il s'agirait du seul chemin que pourrait emprunter Manon à son retour.

Avant que l'on se quitte, Khadija me mit en garde. À Idlib, la rébellion contre Bachar agrégeait de nombreuses factions, mais elle était dominée par des alliés d'Al-Qaida : le Front al-Nosra. Ce mouvement, fondé par un intellectuel de gauche, professeur d'arabe devenu combattant djihadiste, Abou Mohammed al-Joulani, s'illustrait dans la lutte contre Bachar, mais il avait également déclaré la guerre à l'État islamique. Ce contexte transformait la ville et ses environs en une zone extrêmement dangereuse et je devais être prudente, aussi bien dans mes actions que dans mes paroles. Lorsque nous descendîmes à la gare routière, j'offris à cette femme ma valise et toutes les affaires qu'elle contenait, pour ses nièces et ses neveux. J'avais besoin de continuer sans lest.

Dans les rues commerçantes de Reyhanli je n'eus pas à chercher le quartier syrien. Contrairement à Gaziantep où les injonctions gouvernementales imposaient que tout soit écrit en turc, ici les inscriptions en devanture étaient rédigées en arabe. Fourmillante de dizaines de milliers de migrants, traversée de tempêtes de poussière soulevées par les convois de camions, la ville semblait résignée aux conséquences de sa proximité avec la frontière syrienne. Je passai la nuit dans un hôtel modeste où l'absence de climatisation se fit cruellement ressentir. Le lendemain matin, je glissai un billet de cinquante euros au réceptionniste en lui disant que je voulais gagner Idlib. Deux heures plus tard, une femme tapa à ma porte. Elle était d'une famille de commerçants syriens qui possédaient une carte de commerce visée par le gouvernement turc.

Je pénétrai en Syrie par la porte des Vents, voilée, assise à l'arrière d'une camionnette, délestée de mille euros remis à mon passeur. Je découvris avec stupeur qu'il y avait encore plus de réfugiés ici que du côté turc. La population du gouvernorat d'Idlib avait été multipliée par vingt depuis le début de la guerre civile. Située à l'extrême ouest du pays, la poche d'Idlib constituait le dernier bastion de résistance aux dangers conjoints que représentaient le régime de Damas et la poussée de Daech. Les Syriens y avaient afflué par centaines de milliers, depuis le sud et l'est du pays, trouvant à se loger dans leurs familles ou, à défaut, dans des camps de fortune où ils suffoquaient l'été et souffraient du froid l'hiver. Les plus riches avaient acheté un appartement en ville, mais tous partageaient l'expérience d'avoir perdu des proches ou d'être sans nouvelles d'eux. Dans ce havre désolé, les destins, brisés par la fuite et le déchirement, s'aggloméraient en une communauté où l'espoir ne parvenait jamais à s'alléger du tragique.

Je me rendis à l'hôtel Carlton pour obtenir de l'argent liquide. Une foule y grouillait, très différente de la clientèle d'avant-guerre. Des sacs de sable empilés protégeaient les baies vitrées de l'hôtel, les jardins desséchés et piétinés accueillaient des tentes où étaient stockés des colis d'aide humanitaire. Dans une activité fébrile, la guerre avait imposé sa patine au luxe révolu de l'hôtel. L'établissement abritait les bureaux de plusieurs ONG qui distribuaient vivres et médicaments sous l'égide de la branche du Croissant-Rouge syrien, mais aussi de nombreux journalistes occidentaux, correspondants de guerre, reconnaissables à leurs rangers, leurs pantalons de toile beige et leur caméra numérique ou leur micro canon en bandoulière. Dans le hall gravitaient aussi des hommes en costume-cravate, attendant, le regard vide, assis dans un fauteuil, diplomates déboussolés ou membres désœuvrés de services secrets. Le réceptionniste m'informa que l'hôtel était complet mais il m'indiqua le nom de la famille Al Hamoud, qui louait une chambre dans leur appartement, à deux pas.

Avant-guerre, les Al Hamoud étaient ingénieurs en armement et vivaient confortablement à Damas. Mais en 2013, ils avaient cessé de soutenir le régime, après que Bachar eut fait usage d'armes chimiques et de gaz sarin lors du bombardement du quartier de la Gouta, en périphérie de la ville.

— Mille cinq cents personnes ont péri, dont de nombreux enfants, dans notre propre capitale, répétait M. Al Hamoud, en me faisant visiter l'appartement, comme s'il voulait absolument me convaincre qu'il était du bon côté de l'histoire.

— Le soir même, nous avons rempli la voiture avec ce que nous pouvions sauver et nous nous sommes enfuis, ajouta sa femme.

Les Al Hamoud se ressemblaient, la cinquantaine, élégants et fins, presque apprêtés. On les aurait dit frère et sœur plutôt que mari et femme. Lui affichait une barbe rase, soigneuse. Elle ne portait pas le foulard en ma présence et laissait de longs cheveux noirs cascader sur ses épaules. Le tarif pour une chambre était de cent euros la nuit. L'accès à Internet était compris dans le prix, mais le réseau fonctionnait de façon aléatoire. J'avais enlevé mes chaussures, appréciant le contact du carrelage frais sous mes pieds, et les suivis dans le salon où ils me prièrent de prendre place au milieu d'un mobilier des années cinquante.

— Si Damas était tombée aux mains des rebelles, nous aurions couru le risque d'être jugés pour avoir participé à l'effort de guerre du régime, reprit-il. Et si, en fin de compte, c'était Daech qui l'emportait, nous aurions été pendus pour exactement les mêmes raisons…

— Mais maintenant que les Russes sont venus au secours de Bachar, Damas ne tombera plus, enchaîna son épouse avec véhémence. Obama avait promis d'intervenir si l'arme chimique était utilisée sur notre sol. Il avait fixé une ligne rouge mais il l'a lui-même effacée. Poutine a bien compris qu'il avait un coup à jouer… Maintenant, il y a une base aérienne russe à Lattaquié et une base navale à Tartous, et nous, on n'a plus rien, on est réfugiés ci.

— Qu'êtes-vous venue faire ici ? demanda Al Hamoud.

— Aider ma fille… Elle est en Syrie.

Il soupira et leva les yeux au ciel.

— Les balles frappent tout le monde, sans distinction de nationalité ou de religion… Je suis désolé de vous le dire, vous avez fait un long chemin pour arriver ici, mais vous ne pourrez pas aller plus loin.

— Des réfugiés arrivent chaque jour en ville, rétorquai-je, je peux trouver un moyen de contacter ma fille ou au moins rencontrer quelqu'un qui aurait entendu parler d'elle.

— Et après ? répliqua Al Hamoud. Le pays est en miettes. L'État islamique a profité de la guerre civile pour s'y faufiler comme un serpent dans un poulailler.

Leur frayeur était perceptible et je leur tus que ma fille avait suivi un terroriste. J'avais besoin de cet hébergement et gardais à l'esprit les recommandations de prudence de Khadija.

— Je suis née en Irak, à Bagdad, déclara son épouse d'une voix qui vibrait d'émotion. J'y ai vécu jusqu'à l'âge de vingt ans. À l'époque, soi-disant, Saddam Hussein détenait des armes de destruction massive et avait des liens avec Al-Qaida, mais c'était faux ! C'était un tyran, un dictateur, un salaud, oui ! Tout ce que vous voulez, mais pas ce qu'ont raconté les Américains ! Ils ont menti au monde entier, ils nous ont envahis, ils ont renversé Saddam pour s'emparer des puits de pétrole. Les seuls qui ont vu juste à l'époque c'étaient vous, les Français, qui avez refusé de participer à cette guerre. Mais ça nous a aidés en quoi ? Mon pays a été occupé militairement huit ans et, pendant toute cette période, tous ceux qui voulaient résister à l'envahisseur yankee, quels que soient leurs désaccords, se sont unis. Du coup, quand les Américains sont partis, les islamistes n'avaient qu'à se baisser pour ramasser… Et en Syrie ? Les Russes aident Bachar et vous voyez le résultat ? Le même ! Daech prospère partout où les États sont affaiblis. Un coup à cause des États-Unis d'Amérique, un coup à cause de la Russie ! Alors je vous le dis, vos démocraties ont du souci à se faire… Je sais que les Occidentaux ont des problèmes avec les musulmans, mais moi je constate surtout que nous avons des problèmes avec les nations chrétiennes !

Mme Al Hamoud se tut, les yeux embués, tentant de maîtriser sa respiration. Son mari posa une main sur son bras. Elle se leva, ramassa le plateau et les verres à thé, puis elle se retira dans la cuisine.

— Pardonnez Fairouz, madame Dompierre. Ma femme souffre beaucoup de cette situation. Lorsque Daech a pris le contrôle de Falloujah, ils ont pendu ses parents.

— Je suis désolée, dis-je.

— Ce n'est pas contre vous, vous comprenez ?

— Bien sûr. Et si vous êtes toujours d'accord, je prendrai votre chambre pour la semaine.

Il opina.

— Alors ça fera sept cents euros, payables d'avance, s'il vous plaît.

Le lendemain, je retournai au Carlton où je contactai plusieurs journalistes. Ils se connaissaient tous, se retrouvant ici, après Kaboul ou Bagdad, ou encore Mogadiscio et Sarajevo pour les plus anciens, tenant un discours identique, qui visait à me décourager de poursuivre. La Syrie était coupée en deux. Il était impossible de quitter la poche d'Idlib. Où qu'on aille, de Kobané à Alep et d'Alep à Racca, on tombait sur Daech. Et sinon sur les Russes, qui chassaient les opposants avec au moins autant d'acharnement que les islamistes. Lorsque je prononçai le nom d'Ayoub Zaouche, un journaliste du *Washington Post* déclara qu'il avait entendu parler de la présence de cet émir à Mossoul, en Irak. Je restai interdite. C'était le premier indice concret depuis mon départ. Mais si c'était vrai, alors Manon ne cessait de s'éloigner. J'avais cru me rapprocher en venant ici à l'ouest et j'apprenais qu'elle se trouvait tout à fait à l'est, dans la partie irakienne du califat. Un territoire aussi vaste que la France nous séparait. Mille kilomètres de guerres et de risques mortels.

Deux jours passèrent et je n'obtins aucun renseignement supplémentaire. Lorsque je tentai de revoir le journaliste du *Washington Post*, j'appris qu'il était retourné dans son pays. Dans le gouvernorat d'Idlib, l'afflux permanent de réfugiés était responsable d'une situation catastrophique. Chaque jour le sable se soulevait au passage de bus ou d'automobiles chargés à ras bord d'une population égarée, effrayée. Les toits des véhicules ployaient sous les poids des balluchons, de meubles et parfois d'une chèvre ou de poulets encagés. Certaines voitures arrivaient en ville criblées de balles, leurs passagers maculés de sang. Quand l'un avait été tué, on avait placé sa dépouille dans le coffre en attendant d'être à l'abri. Des pelleteuses et des bulldozers faisaient la navette en direction de chantiers, proches de la frontière turque, où se construisaient des centaines d'abris en brique, avec des toits en tôle, lesquels se remplissaient de réfugiés encore plus rapidement qu'ils ne s'édifiaient. Les écoles et les mosquées étaient transformées en centres de stockage alimentaire ou en hébergements de secours.

J'allai taper à la porte du Croissant-Rouge, où j'offris mes services en tant que cardiologue. Le directeur local, Ziad Barbelli, un Italien d'une cinquantaine d'années, accueillit ma candidature sans enthousiasme.

— Des membres de Daech sont infiltrés parmi les réfugiés, personne ne pourra garantir votre sécurité. Il ne se passe pas une journée sans que les islamistes nous attaquent ou que les membres du Front al-Nosra répliquent… La semaine dernière, un attentat à la voiture piégée a fait plus de dix morts. Et pour être franc, madame Dompierre, ici, nous avons davantage besoin de chirurgiens ou de spécialistes des prothèses que de cardiologues…

— Mais en dehors d'Idlib ? Vous avez des missions ? demandai-je, refusant de renoncer.

— Oui, chaque jour des volontaires sont amenés à franchir les lignes de front en direction de l'est ou du sud. Pour fournir des vivres, de l'eau potable et des médicaments aux civils. Ils évoluent dans des territoires contrôlés par Daech et, la semaine dernière, trois d'entre eux ont été enlevés à quelques kilomètres d'ici…, énonça-t-il sur un ton découragé. On a été obligés de commencer à négocier avec ces fanatiques. Ils veulent nous extorquer des antibiotiques et qu'on leur fournisse du Captagon.

Je connaissais la réputation de cette amphétamine de synthèse, la drogue de la guerre, qui à haute dose entraînait des hallucinations et des troubles cardiovasculaires.

— Ils en avalent tous et se prennent pour des surhommes… On en a vu qui s'étaient fait arracher un bras, qui prenaient leur arme de l'autre et continuaient à tirer jusqu'à ce qu'ils se soient vidés de leur sang… On devrait peut-être accepter de leur en livrer, pour qu'ils crèvent plus vite.

À cinquante-cinq ans, Barbelli avait passé plus de temps sur les théâtres de guerre des pays du Moyen-Orient que dans son pays natal et, malgré son immense expérience, son discours, tout comme celui des Al Hamoud, était empreint d'un désespoir absolu.

De retour chez les Al Hamoud, je me retirai dans ma chambre et me connectai à Internet. Par chance, la liaison était de qualité et je réussis à télécharger mes mails. La plupart provenaient de Shannon qui me communiquait un compte rendu des activités du service. Elle me demandait si j'avais programmé mon retour, Sedel lui ayant posé la question à plusieurs reprises. Je ne répondis pas et envoyai un énième message à Manon pour lui annoncer que j'étais en Syrie, et que si elle avait le moyen de me faire parvenir une réponse, elle pouvait le faire via la réception de l'hôtel Carlton à Idlib. Je continuais de payer son abonnement téléphonique depuis huit mois, en espérant qu'un jour cette bouteille jetée à la mer échoue sur la bonne grève.

Debout, face à la fenêtre qui donnait sur la ville entièrement plongée dans l'obscurité, je sentis l'air froid se faufiler au travers du chambranle fissuré. Je fixais longuement la photo de Manon sur l'écran de mon smartphone. Nous étions mi-novembre et le froid allait aggraver les conditions de vie des réfugiés. D'ici quelques jours les températures nocturnes allaient approcher des valeurs négatives. Je me demandais si Manon bénéficiait d'un minimum de confort, où qu'elle se trouve, n'ayant aucune illusion sur les conditions qui devaient régner sur l'immense territoire contrôlé par l'État islamique.

— Hélène ! Hélène !

La voix de Fairouz Al Hamoud avait retenti dans le couloir.

— Venez voir, c'est la guerre à Paris ! Venez ! cria-t-elle en tambourinant contre la porte.

J'ouvris ; la tête de mon hôtesse était ravagée par l'anxiété.

— Je vous l'ai dit, ils sont partout ! Même chez vous !

Je me précipitai à sa suite dans le salon, où son mari était assis devant la télévision. Al Jazeera relayait des images de la télévision française et, sous les commentaires en arabe, j'entendis les propos originaux tenus en français : « Ce 13 novembre 2015, trois explosions ont eu lieu au Stade de France où se déroulait le match de football France-Allemagne. Quelques minutes plus tard, des fusillades ont éclaté en terrasse de plusieurs cafés parisiens. Des terroristes ont également pénétré dans la salle du Bataclan, pendant un concert du groupe américain Eagles of Death Metal, où ils sont en train de commettre un massacre. » Partout, des images identiques tournaient en boucle, visages hagards, corps ensanglantés, vitres fracassées, chaises et tables renversées, gyrophares bleu et rouge déchirant la nuit parisienne, personnels médicaux, pompiers, brigades d'intervention des forces de l'ordre en cours d'équipement.

Je m'assis, tremblante, devant l'écran, tandis que Fairouz m'apportait une tasse de thé. Son mari traduisait les informations données par les journalistes d'Al Jazeera lors de brefs retours en plateau :

— « La panique règne dans la capitale française, la piste du terrorisme islamique est évoquée… Le président François Hollande et le ministre de l'Intérieur Bernard Cazeneuve, qui assistaient au match de l'équipe de France, ont été exfiltrés en direction des sous-sols du ministère de l'Intérieur où se réunit une cellule de crise… »

Peu de temps après j'appris que l'état d'urgence était déclaré en France, pour la première fois depuis la guerre d'Algérie. Les terroristes enfermés dans le Bataclan revendiquaient leur appartenance à Daech, accusant notre pays de participer à la coalition internationale et d'être responsable de morts civiles en Syrie. Par conséquent, ils étaient venus sur notre territoire pour se venger du président Hollande et des actions de la France.

M. Al Hamoud priait silencieusement à côté de moi, égrenant les perles de bois de son *misbaha* ; sa femme avait quitté la pièce, ne supportant plus les images.

Toute la nuit, mon regard dériva de l'écran de la télévision à celui de mon smartphone. Il n'y avait qu'une heure de décalage avec la France et je suivis l'aggravation du bilan humain, qui s'établit à près de cent trente morts et de quatre cents blessés. La piste de jeunes Français et Belges revenus de Syrie pour commettre ces attentats était évoquée. Je me remémorai les interlocuteurs qui, à plusieurs reprises, en Turquie et ici même, m'avaient avertie de la présence d'éléments infiltrés de Daech parmi les réfugiés. Je fondis en larmes. Ma réaction était purement égoïste : je ne pleurais pas les victimes, je ne pensais qu'à Manon, captive de cet enfer.

À l'aube se répandit l'écho d'un marathon diplomatique à l'initiative de François Hollande. La France demandait un élargissement de la coalition internationale afin d'intensifier les frappes aériennes. L'objectif était de détruire l'ensemble des fiefs de l'État islamique, en Irak et dans l'est de la Syrie. J'étais déchirée entre la nécessaire compréhension de cette action, partageant l'envie nationale de vengeance qui allait grandissant à mesure que se répandaient les paroles des victimes et celles de leurs proches, et que l'on connaissait les détails de la tuerie ; et une peur, archaïque, irréductible, que ma fille ne soit victime en retour de nos propres armes, qu'elle ne pâtisse d'un sort que, je continuais à le croire, elle n'avait pas choisi. Collectivement j'étais pour les représailles et l'éradication de la menace terroriste, individuellement je ne parvenais pas à contrarier l'idée de m'y opposer.

Vers sept heures du matin, M. Al Hamoud me rejoignit dans le salon, que je n'avais pas quitté de la nuit, et me tendit trois cents euros.

— C'est ce qui reste du loyer que vous avez avancé, vous n'êtes restée que quatre jours. Maintenant, vous devez partir, vite. Les Turcs vont durcir les contrôles à la frontière. Peut-être la fermer. Cela va devenir de plus en plus difficile de quitter la Syrie. Ici, vous ne bénéficiez d'aucun soutien officiel ; vous n'aiderez pas votre fille en étant coincée à Idlib, ou en devenant une victime vous-même.

J'étais bouleversée par ce qui venait de se passer en France, écartelée entre une terre d'Orient inaccessible et l'appel d'un Occident blessé.

Notre camionnette fut immobilisée dans un embouteillage géant à l'approche de Bab al-Hawa. Du côté syrien, il n'y avait aucun contrôle. On laissait passer tout le monde. Les piétons, chargés de balluchons, traversaient et doublaient la file de voitures et de camions bloqués dans le no man's land entre les deux pays. Du côté turc, chaque véhicule était fouillé minutieusement, toute personne devait justifier de son identité. J'apercevais leurs équipes renforcées de gardes armés, j'entendais les aboiements des molosses qui patrouillaient le long du grillage renforcé de barbelés. Un grondement sourd annonça l'arrivée d'un véhicule antiémeute, qui pointa son canon à eau sur les barrières. Les centaines de Syriens qui voulaient traverser la frontière étaient calmes, résignés à attendre plusieurs heures si nécessaire, et j'eus le sentiment que leur docilité constituait un défi pour les autorités turques. Un soulèvement aurait simplifié la situation en leur fournissant une raison de fermer totalement la frontière, satisfaisant ceux qui privilégiaient la sécurité du territoire ottoman à la nécessité de maintenir le commerce.

— Cette fois, il va falloir montrer votre passeport, m'avertit le passeur, qui avait exigé deux mille euros pour me faire rentrer en Turquie.

J'acquiesçai et fermai les yeux, tentant de trouver le repos en patientant à moins de deux cents mètres de la porte de l'Europe.

Dans cet état de demi-conscience, des souvenirs des premières secondes de vie de Manon déferlèrent par vagues. Ma fille rampait sur mon ventre. Elle tâtonnait des lèvres à la recherche de mon sein. Ses mains minuscules, fripées et vulnérables. Cette réminiscence me fit l'effet d'une brûlure. En naissant, Manon m'avait offert la possibilité de l'aimer inconditionnellement. Et qu'avais-je fait d'un tel cadeau ? Je n'avais sans doute pas été suffisamment à son écoute, je n'avais pas su générer assez de stabilité, j'avais été incapable de la retenir. Évidemment, je ne l'avais pas laissée partir au sens propre, mais cet environnement avait créé les conditions de son départ. En l'exposant à de tels dangers, j'avais trahi tous ceux qui l'avaient aimée et je continuais. Je repensai à la cousine de Manon qui avait appelé le mois dernier pour lui proposer d'être témoin à son mariage. J'avais répondu que ce serait impossible, prétextant que ma fille effectuait un voyage à Shangai dans le cadre d'un accord universitaire. Et maintenant, en rentrant en France, en cédant aux injonctions de M. Al Hamoud, en écoutant ce qui semblait être la voix de la raison, je ne pouvais me départir de l'idée que je me trahissais moi-même.

Deux heures plus tard, nous atteignîmes le poste-frontière, où une policière turque me demanda d'ôter mon voile. Après avoir constaté que j'étais française, elle me pria de sortir du véhicule et d'attendre sur le côté, le temps d'effectuer une vérification. S'ensuivit une discussion animée entre elle et mon passeur, qui fut sommé de circuler en direction d'un parking où des dizaines de véhicules attendaient la fin des contrôles.

Le conducteur démarra et je le vis s'éloigner, puis dépasser le parking sans s'y arrêter et, finalement, disparaître sur la route en direction de Reyhanli. Je restai seule, debout en plein soleil, mes affaires tenant désormais dans un sac en toile acheté au bazar d'Idlib. À une dizaine de mètres, deux militaires, leurs mitraillettes en bandoulière, me scrutaient avec insistance. Je ressentis le besoin de remonter mon voile sur mes cheveux et une partie de mon visage afin de me soustraire à leurs regards.

Quelques minutes plus tard, la femme ressortit du poste administratif et alla s'adresser aux soldats, qui se dirigèrent vers moi et me firent comprendre que je devais les suivre. J'essayai de leur parler, mais ils ne comprenaient ni l'anglais ni le français. Ils me guidèrent jusqu'à une voiture de police et me prièrent de prendre place à l'arrière. Le conducteur démarra aussitôt et nous nous mîmes à rouler en territoire turc. La dernière image que je conservai de Bab al-Hawa fut celle d'une barrière qui s'élevait et s'abaissait lentement dans la poussière.

Le centre de rétention administratif était situé à mi-chemin entre le poste-frontière et Reyhanli. À l'aller, j'avais aperçu à distance cet agglomérat de tentes kaki cerné par un haut grillage et surveillé par des militaires, loin de penser y échouer un jour. À l'intérieur, des dizaines de femmes et d'hommes, retenus, allaient et venaient entre les tentes, sans se mélanger, sans échanger une parole. Les mères serraient très fort les mains de leurs enfants, comme si elles avaient peur qu'ils ne s'égarent. Dès mon arrivée, je fus confiée aux bons soins d'un homme en uniforme qui me demanda, en anglais, de le suivre dans la tente qui servait d'abri à l'administration du camp.

— Pourquoi m'amène-t-on ici ? demandai-je tandis qu'il photocopiait mon passeport.

— Interrogatoire, répondit-il sèchement.

— Je suis française, je veux contacter mon ambassade.

— Ça tombe bien, c'est ce que nous comptons faire aussi, répondit-il. Pourquoi étiez-vous en Syrie ?

— Pour des raisons personnelles…

— Madame Dompierre… À l'aller, on vous a laissée passer, parce que les Européens qui se rendent en Syrie pour se faire tuer, ce n'est pas notre problème. Mais quand vous revenez, ça le devient. Et surtout depuis ce qui s'est passé la nuit dernière en France.

— Je n'ai rien à voir avec cette horreur.

— L'an dernier des terroristes sont passés par ce poste-frontière, dit-il, comme s'il ne prêtait aucun crédit à mes propos. Ils se sont rendus à Molenbeek en Belgique. Ensuite ils sont venus tuer des gens dans votre pays…

Il décrocha un téléphone et s'adressa en turc à son interlocuteur. Je ne compris pas un mot, mais je saisis qu'il citait mon nom et communiquait mon numéro de passeport.

— On va vérifier tout ça, dit-il après avoir raccroché.

Cinq femmes résidaient dans la tente à laquelle j'avais été assignée. Avec le jour déclinant, la fraîcheur s'insinuait sous les toiles de nylon. Six lits de camp étaient disposés côte à côte et une casserole, qui exhalait une odeur de café, chauffait sur un réchaud. Les femmes, la trentaine, en sous-vêtement ou tee-shirt et caleçon long ou pantalon de jogging, interrompirent leurs murmures en arabe pour me dévisager. Puis elles reprirent leur conversation tandis que l'une d'elles tournait lentement une cuillère dans la casserole de café. Elles partageaient un robinet situé à l'extérieur, où chacune se rendit tour à tour, avec une bassine, pour rapporter un peu d'eau et faire sa toilette. Des paravents de fortune, constitués de leurs niqabs, tendus entre des trépieds fabriqués avec des morceaux de bois de palette, garantissaient à chacune un peu d'intimité.

Je m'assis, abasourdie, sur le seul lit qui n'était pas défait.

Une des femmes, qui peignait ses longs cheveux blonds, me fixait avec insistance.

— Tu es européenne ? demanda-t-elle en anglais au bout d'un moment.

— Française, répondis-je en hochant la tête.

— Moi c'est Janet, je suis anglaise… Tu es ISIS ?

— Non… je n'ai rien à voir avec ça… Je suis médecin, fis-je, après avoir hésité.

— Alors pourquoi ils te gardent ?

— Ils disent qu'ils veulent vérifier si je suis une terroriste…

Elle soupira, lasse.

— Ce ne sont pas les femmes les terroristes. On n'a même pas le droit de se battre là-bas, dit-elle en se raclant la gorge et en crachant sur le sol. On n'est bonnes qu'à se faire engrosser et à leur donner des mâles pour combattre ou d'autres femelles pour la reproduction…

Elle attrapa une couverture et me la tendit.

— Il fait froid la nuit. Tu veux du café ?

J'acquiesçai et elle alla me remplir une tasse du breuvage noir et épais.

— Je suis partie parce qu'ils mentent à tout le monde, reprit-elle. Ils te font croire que la Syrie, c'est Disneyland… Viens en Musulmanie, mon frère, ma sœur, viens… et après ils te trouvent un mari. Et les Européennes, on compte pour moins que rien. Là-bas, c'est les plus gros racistes que j'ai jamais vus. Celles qui ne veulent pas d'un soldat, elles sont prises de force, violées. Jusqu'à tomber enceintes.

— C'est ma fille qui est là-bas, finis-je par lâcher…

Janet baissa la tête. Elle se pinça les lèvres et tenta de se rattraper.

— Ils ne sont pas tous comme ça, ajouta-t-elle en se levant brusquement et en rejoignant ses compagnes de détention.

— Attends ! la rappelai-je. Elle a accompagné là-bas un homme important dans Daech.

— Alors, c'est mieux, dit-elle avec gentillesse. Il va la protéger.

— Et toi comment tu as fait pour leur échapper, pour te retrouver ici ? demandai-je, dans l'espoir de dénicher une piste pour Manon.

— J'ai tué mon deuxième mari. Le premier est mort à Alep, pendant la bataille. Après, ils m'ont mise dans une *madâfa*, c'est la maison des femmes seules, surveillée par les salopes de la police religieuse. Elles ont un poinçon pour te punir. Si tu fumes, elles te pincent avec, si tu écoutes de la musique, c'est jusqu'au sang. Un jour un vieux est venu, il m'a choisie, comme un paquet de nouilles au supermarché, et il m'a épousée en cinq minutes. Le soir il m'a violée. Je l'ai égorgé avec son propre couteau pendant son sommeil. Je me suis enfuie avec sa voiture et j'ai roulé vers l'ouest. J'ai eu de la chance, je suis tombée sur les forces rebelles syriennes avant les Daechi. On m'a emmenée à Idlib. J'avais décidé de rentrer à Nottingham, mais j'ai été arrêtée à la frontière turque. Comme toi. Maintenant, j'attends ici de savoir si mon pays va me reprendre ou pas…

L'hypothèse d'un martyre similaire pour Manon me donna la nausée. Ma vue se brouilla, le décalage était total, pas seulement à cause du lieu, mais parce que les propos de Janet nous ramenaient à des temps âpres et archaïques. Manon portait des tenues légères, même en hiver, crop top dévoilant son nombril, épaules dénudées. Je ne parvenais pas à l'imaginer dans une étoffe noire, comme celles, sans formes, qui pendaient dans la tente. Elle ne pouvait pas vivre sans musique, des écouteurs constamment vissés à ses oreilles. Elle fumait, de temps en temps. Elle parlait aux garçons, souvent. Elle aimait danser, skier, patiner, courir.

Je m'allongeai, m'enveloppai dans la couverture, j'aurais voulu mourir, mais l'idée de ne plus pouvoir venir en aide à Manon me l'interdisait.

Le lendemain après-midi, l'officier du camp vint me voir. Les autorités françaises avaient répondu que je n'étais pas dangereuse, même si j'étais « sous le scope » de la DGSI.

— Ça veut dire quoi, être sous le scope ?

L'homme éluda, déclarant que j'avais ordre d'acheter un billet d'avion et de quitter immédiatement le territoire turc.

— Ma sœur, la vérité, scope, ça veut dire qu'ils écoutent ton téléphone, qu'ils connaissent tes mouvements bancaires, intervint Janet. Ils surveillent les listes des passagers dans les avions. Ils savaient très bien que tu étais venue ici et ils guettaient ce que tu allais y faire…

L'officier du camp me fit signe de sortir, sans laisser le temps à Janet de finir. Il m'accompagna jusqu'à l'entrée du camp, où un véhicule de la police m'attendait pour me reconduire à Reyhanli.

— Moi, dit l'officier en m'ouvrant la porte arrière de la voiture, si ma fille rejoint ISIS, je n'essaie pas de la récupérer, je la tue.

Depuis mon retour en France, je ne dormais plus, sauf après avoir ingurgité une quantité déraisonnable d'alcool, à la suite de quoi je m'effondrais. J'avais commencé par une bouteille de rhum rapportée, deux ans auparavant, d'un congrès de cardiologie à La Havane. L'alcool titrait soixante-quatorze degrés, il déversait sa lave dans mon œsophage avant d'enflammer la poche de mon estomac, puis en quelques minutes mon cerveau s'incendiait à son tour et j'atteignais une forme de désintérêt et d'amnésie suffisante pour trouver le sommeil.

Sedel avait accueilli mon retour sans poser de question. Il avait juste évoqué le fait que tout le monde avait été secoué par les attentats. Dans le service, je m'efforçais de rester attentive à mes patients, mais ma faculté de concentration était réduite. À plusieurs reprises j'arrivais le matin encore intoxiquée par l'alcool, dans un tel état qu'une infirmière devait m'injecter un antiémétique en intraveineuse, comme on le faisait pour les malades en cure de chimiothérapie, et des antalgiques pour desserrer l'étau permanent autour de mon crâne. Tout ce qui représentait le monde administré et vertical du milieu hospitalier m'était devenu insupportable. Mes rapports avec certains confrères commençaient à se dégrader. Je ne parvenais plus à faire le moindre effort.

Le soir, je stationnais devant les écrans des chaînes d'information et des réseaux sociaux. Je pratiquais une veille systématique à la recherche du moindre signe de vie de Manon. En réalité je titubais entre deux mondes, souvent ivre, jusqu'à la chute. La supérette où je me rendais en rentrant de l'hôpital faisait office de sas. Au début, j'y allais une fois toutes les deux semaines, puis hebdomadairement, et désormais tous les deux jours. Je choisissais une bouteille de rhum, présentais ma carte de crédit et la vendeuse me souhaitait une bonne soirée, m'imaginant fêtarde invétérée, ou alcoolique. Je me savais malade, mais je vivais dans l'illusion d'être capable de maîtriser cette vague qui m'entraînait chaque jour plus loin.

En janvier 2016, deux mois après mon retour de Turquie, je reçus un appel de la DGSI. L'angoisse de cette nouvelle convocation déclencha une crise de larmes irrépressible dont je ne parvins à me libérer, après plusieurs heures, qu'en m'étourdissant par une quantité d'alcool encore plus phénoménale qu'à l'habitude.

Le jeune officier qui me reçut à Levallois était un commissaire de police. Un nouveau bureau, un nouveau visage, participant d'une stratégie vraisemblablement destinée à me dérouter. Les traits austères, les yeux mi-clos sous de lourdes paupières, un murmure monocorde pour voix, une maîtrise parfaite de la prononciation de l'arabe. Le commissaire me pilonna de questions qui n'avaient d'autre but que de mettre au jour mon éventuelle radicalisation. Jusqu'où étais-je allée en Syrie ? M'étais-je arrêtée à Idlib ou avais-je poursuivi jusqu'à Racca ? Avais-je réussi à voir ma fille ? Pourquoi étais-je revenue au lendemain des attentats du Bataclan et du Stade de France ? Avais-je entendu prononcer le nom d'Abdelhamid Abaaoud, accusé d'être le commandant opérationnel des attaques de novembre ? Avais-je pu recueillir des informations sur Ayoub Zaouche ?

À cette dernière question j'hésitai longuement, avant de répondre qu'à Idlib un journaliste du *Washington Post* m'avait fait écho de la présence du terroriste à Mossoul, en Irak, et non pas en Syrie. Le commissaire me scruta, dubitatif. Visiblement, cette information ne concordait pas avec les siennes. Comme il avait l'air contrarié, j'en profitai pour répliquer :

— Je sais que vous écoutez mon téléphone…

— Nous appelons cela des interceptions de sécurité, m'interrompit-il.

On aurait dit qu'il voulait se convaincre de son rôle de protecteur des citoyens. Je ne relevai pas et poursuivis :

— Mais vous oubliez que je suis une victime dans cette histoire et que ma fille en est une aussi. Seulement vous vous en tapez d'essayer de mettre au jour la vérité, vous essayez seulement de faire tenir debout des schémas qui valident ce que vous croyez. Parce que vous êtes complètement paumés ! Vous ne comprenez rien à ce qui se passe, vous perdez votre temps. Vous ne les trouverez jamais ces gens-là, c'est complètement pathétique. Vous feriez mieux de déployer votre énergie et vos moyens autrement.

— Madame Dompierre, si j'étais dans votre position, je ferais attention à ce genre de sortie, répliqua-t-il vivement.

— Vous êtes jeune, commissaire. Vous avez des enfants ?

— Non, répondit-il, interloqué.

— Voilà pourquoi vous n'êtes pas dans ma position. Un jour peut-être. Et je ne vous le souhaite pas.

L'entrevue n'avait duré que quelques minutes, mais elle avait servi à me rappeler la laisse que les services de l'État avaient passée autour de mon cou. En quittant le siège la DGSI, éprouvée, mains tremblantes, en sueur, les intestins broyés, je tombai nez à nez avec le brigadier Malbeque.

— Ah, bonjour madame Dompierre ! J'arrivais au bureau, je vous ai reconnue… Comment allez-vous ? fit-il en me tendant la main.

— Pas très bien, avouai-je, surprise de sa sollicitude, sans répondre pour autant à son geste.

— Vous savez, ce n'est plus moi qui m'occupe du dossier d'Ayoub Zaouche ni de celui de votre fille…

— Oui, j'ai rencontré le petit nouveau. Pas folichon, ajoutai-je, agacée.

Malbeque hocha la tête, circonspect :

— Ce sont les nouvelles recrues des services secrets… Jamais moins de deux masters, parlant couramment l'arabe, faisant et défaisant le monde depuis l'écran de leur ordinateur, mais aucune expérience de terrain.

Je sentis que j'allais de nouveau fondre en larmes. Je fixai par-dessus son épaule l'enseigne du café, en face de la bouche du métro. Refuge où je pourrais commander un verre d'alcool.

— Madame Dompierre, vous avez pris un énorme risque en allant en Syrie, lâcha-t-il.

— Risque de quoi ? De faire la preuve que vous vous trompez depuis le début ? De vous démontrer que ma fille n'est pas une terroriste ? Et que vous vous acharnez à tort ?

J'éclatai en sanglots et m'enfuis dans le métro.

J'effectuai le trajet recroquevillée sur moi-même, en laissant échapper des gémissements incontrôlables. Je n'osais lever les yeux sur personne. En arrivant chez moi, je me jetai sur la bouteille de rhum et, sans prendre le temps d'attraper un verre, bus au goulot. Après quelques gorgées, je me traînai dans la chambre de Manon. Je n'y étais plus entrée depuis des mois. Je refusais de me l'approprier, de l'habiter d'une façon ou d'une autre. Elle demeurerait intouchée jusqu'à retentir à nouveau de ses musiques préférées, de ses éclats de rire au téléphone ou des ronronnements de forge émis par Stéthoscope lorsqu'il la rejoignait sur la couette. Depuis le départ de Manon, le chat, mû par un mystérieux instinct, avait cessé, lui aussi, de fréquenter cette pièce. Toutefois, il me rejoignit et se blottit lorsque je m'allongeai sur le lit.

— Toi aussi, elle te manque…

Je fixai, au plafond, le firmament d'autocollants phosphorescents, resté intact depuis l'enfance de

Manon. L'alcool m'avait calmée, mais la tête me tournait. J'étais entraînée dans la danse des étoiles, le tourbillon des galaxies. Sous mes yeux, l'univers en expansion ralentissait et atteignait un point ultime, puis les planètes éparses amorcèrent un mouvement inverse, s'attirèrent de nouveau, et la matière se contracta jusqu'à l'anéantissement total et la disparition du temps. L'impuissance venait d'écraser l'espoir.

Manon n'avait plus donné de signe de vie depuis un an. Le 13 avril 2016, à l'occasion de ce pathétique anniversaire, je constatai dans le miroir que les poches sous mes yeux mettaient un temps infini à se résorber, ma peau était luisante, mon teint brouillé, mes cheveux filasse étaient striés de mèches grises. Je me sentais empâtée, me pesais, en fait j'avais maigri, mon corps était asséché, mais mon visage était soufflé. À l'hôpital, la Fédération française pour le don de sang bénévole organisait une collecte auprès des personnels de l'Assistance publique. J'étais du groupe O négatif, donneur universel, et comme je participais régulièrement à ces actions, je me rendis dans le service d'hématologie pour être prélevée. Après avoir rempli le formulaire d'usage, l'infirmière, que je connaissais de vue, me fit allonger sur la table.

— Vous allez bien, docteur Dompierre ? me demanda-t-elle en posant le cathéter.

— Oui, pourquoi ?

— Écoutez, ne le prenez pas mal, mais vous avez mauvaise mine… Franchement, on a plutôt l'impression que c'est vous qui auriez besoin d'une transfusion que l'inverse…

— Je suis un peu fatiguée, beaucoup de congrès, j'ai pas mal voyagé ces derniers temps, mentis-je.

En fait, j'avais annulé mon retour prévu à l'université Columbia et m'étais fait remplacer au pied levé par un des praticiens du service. J'étais effrayée à l'idée de reproduire une expérience comparable à celle de l'année précédente. J'avais peur, en retournant à New York, de provoquer le pire, ne parvenant pas à chasser de mon esprit l'exemple de cette mère qui avait reçu, pour seule confirmation de la présence de son fils en Syrie, l'annonce de sa mort. Je croyais encore au retour possible de Manon et, chaque fois que l'on sonnait à l'interphone de l'immeuble, un livreur, un voisin, une erreur, mon cœur battait. J'imaginais que ma fille avait contacté un réseau de passeurs et qu'elle avait enfin trouvé un moyen de franchir la frontière dans l'autre sens. Un jour j'aurais la surprise, en ouvrant la porte, de la voir se tenir devant moi.

— Si vous voulez, je vous prélève un bilan sanguin au passage ? proposa l'infirmière, qui n'en démordait pas.

— C'est à ce point ? tentai-je de plaisanter.

Le résultat de la prise de sang atterrit dans ma boîte mail le soir même. Mes enzymes hépatiques atteignaient des seuils d'alerte. Je souffrais d'une anémie, accompagnée d'un accroissement du volume des globules rouges, conséquence de l'effet de l'alcool. Des triglycérides en quantité anormalement élevée achevaient ce tableau d'alcoolisme chronique. J'aurais ordonné à tout patient présentant de tels marqueurs d'arrêter immédiatement de boire, mais au lieu de cela, en rentrant chez moi, j'effectuai mon détour habituel par la supérette. Captive d'une pensée chimérique, je préférais croire que l'alcool m'apportait plus de soutien qu'il ne causait de dégâts, tout en posant, désormais, un regard différent sur ces femmes et ces hommes qui cuvaient à l'abri d'une porte cochère ou dans les stations de métro. À quel moment avaient-ils lâché prise ? Quand le drame de leur vie avait-il cessé de se mesurer en litres, pour s'évaluer en hectolitres ? Ce n'est pas de détermination qu'on a besoin pour arrêter de boire, mais de bonheur, juste d'un peu de bonheur.

Or le malheur, seul, rôdait.

Le 14 juillet 2016, trente mille personnes étaient réunies à Nice à l'occasion du feu d'artifice, lorsqu'un camion-bélier déboula sur la Promenade des Anglais à près de quatre-vingt-dix kilomètres-heure. Le véhicule percuta la foule prise au piège de sa propre densité. En quatre minutes, sur près de deux kilomètres d'un trajet apocalyptique, dans la cacophonie des cris de terreur et des bruits mats des corps percutés par la calandre, un terroriste islamiste écrasa et tua quatre-vingt-six personnes, en blessant quatre cent cinquante-huit autres.

J'arrivai à l'hôpital vers midi, hagarde, rasant les murs, la tête près d'exploser. Une fois de plus les attentats avaient imposé leur brutalité, le sang, les membres brisés, un cortège macabre de vies interrompues, suppliciés profanes ou croyants, chrétiens, juifs et musulmans, tous unis dans un même martyre. Seules les victimes méritent l'appellation de martyr et certainement pas de prétendus héros qui, en se suicidant, capturent des innocents dans leur nasse létale. Ma colère était explosive, mais la honte plus forte encore, comme si Manon avait elle-même loué ce camion et tourné la clé dans le contact. À mon arrivée dans le service, Shannon m'adressa un regard de désapprobation manifeste. Elle devait croire ma fille complice de ce crime abject. J'ôtai mon manteau silencieusement, les mains tremblantes, lorsqu'elle s'adressa à moi :

— Ils vous attendent depuis une heure…

Sa remarque me fit revenir à la réalité. Toute à ma peine et à ma contrition, j'avais oublié la réunion « recherche ».

— On est vendredi ?

Shannon acquiesça, sévère.

Je me précipitai dans mon bureau, saisis la feuille des résultats que j'étais censée présenter et voulus foncer dans la salle de réunion.

— Attendez !

Shannon me tendit une brosse à dents et du dentifrice, me sommant d'en faire usage immédiatement.

— Je suis désolée, lâchai-je, en obéissant.

La porte de la salle de réunion était entrouverte. En arrivant, je croisai Patrick, l'angiologue de l'hôpital, en train de s'éclipser.

— Faut que j'y aille, Hélène, désolé, je ne peux pas rester, j'ai une intervention, dit-il en évitant de me fixer dans les yeux.

— Non, non, c'est de ma faute… J'ai, j'ai confondu les dates…, balbutiai-je en entrant.

Tout le monde se tourna vers moi. Sedel était entouré des chefs de clinique et des internes du département, ainsi que des rythmologues de la Pitié-Salpêtrière. Sur un écran d'ordinateur s'affichaient les visages de quatre correspondants en province qui participaient à l'étude. L'occasion pour cette quinzaine de blouses blanches de confronter leurs points de vue sur les expérimentations thérapeutiques. Cette fois, ils m'avaient attendue en vain et chacun devait retourner à son travail. Les chefs de clinique quittèrent la pièce, suivis des internes. Les correspondants à distance saluèrent et leurs écrans s'éteignirent. Chacun s'en alla sans un sourire, me laissant seule, face à Sedel, dans une atmosphère lugubre. Comme je brandissais les résultats malgré tout, il ne me laissa pas ouvrir la bouche :

— On parlera de vos souris une autre fois. Je préfère que vous me disiez ce qui ne tourne pas rond chez vous.

À soixante-quatre ans, Sedel était grand, mince, affûté physiquement. Son autorité naturelle dispensait qu'on prenne connaissance de ses titres : agrégation, présidence de l'Association pour le développement et l'innovation en cardiologie, membre du Comité national consultatif d'éthique, ordre national du Mérite.

— Votre séjour surprise à l'étranger, récemment, poursuivit-il. Alors que vous avez fait défection à Columbia et ensuite au congrès de Rome… Et maintenant vous plantez la réunion « recherche ». D'après certains de vos collègues, votre problème ne date pas d'hier.

Était-il au courant pour Manon ou faisait-il référence à l'alcool ? Je fus prise de sueurs froides et sentis ma tête tourner. Mes jambes me lâchaient ; j'attrapai une chaise et m'assis sans répondre. Sedel rapprocha un carton de pizza, disposant une part dans une assiette en plastique.

— Mangez un peu, cela vous fera du bien, dit-il, bienveillant.

Je haussai les épaules, incapable d'articuler un mot. Je relevai les yeux, humides.

— Vous devriez aller consulter en médecine du travail, suggéra-t-il, qu'en pensez-vous ?

Je ne pensais plus rien. J'avais envie de m'allonger, de fermer les yeux et de dormir.

— Vous êtes indispensable au service, un des meilleurs éléments de cet hôpital, et le professeur Matisse, avant moi, ne s'était pas trompé. Mais vous avez besoin de repos, non ?

— C'est difficile en ce moment, finis-je par bredouiller… pour des raisons personnelles…

— À la fac aussi, embraya-t-il, le doyen m'a appelé. Il paraît que vous n'avez pas souhaité reprendre vos cours ce semestre.

— J'avais besoin d'une pause, me défendis-je.

— J'ai peur que la pause ne dure. Il m'a demandé de lui proposer un autre rythmologue pour l'année prochaine. Il comptait vous en parler avant la fermeture administrative.

Effectivement, j'avais reçu un mail du service pédagogique de la faculté, en juin, me proposant un rendez-vous. Et j'avais oublié d'y répondre. Ma boîte mail était un terrain vague.

— Hélène, les médecins ont toujours tendance à imaginer qu'ils peuvent repousser les limites plus que de raison.

Je hochai la tête, penaude.

— Je ne peux pas m'arrêter, on est un centre de référence…, répondis-je maladroitement. Je vais me ressaisir.

— Y a-t-il quelque chose que je peux faire, à titre personnel, pour vous aider ? reprit-il.

— Je voudrais accéder à votre frère, répondis-je du tac au tac.

— Vous voulez un rendez-vous avec Louis ? s'étonna-t-il.

— S'il vous plaît, répondis-je, luttant pour contenir mon émotion. Et je vous le promets, j'irai à la médecine du travail.

Une semaine plus tard, je franchis le seuil de l'Assemblée nationale à l'invitation du député Louis Sedel. L'aîné de la fratrie affichait un CV aussi impressionnant que celui de son cadet. Entré en politique trente ans auparavant, il avait été directeur de plusieurs cabinets ministériels avant de devenir ministre à son tour, à deux reprises, puis cofondateur du parti Les Républicains et leader de son groupe politique à l'Assemblée. Sedel appartenait à la soixantaine de députés privilégiés dont le bureau était situé dans le Palais-Bourbon, à quelques mètres de l'Hémicycle, alors que ses cinq cents autres collègues étaient établis dans un immeuble voisin de la rue de l'Université, relié par une galerie souterraine. Un huissier me guida sous les pampilles, au travers des lambris et des dorures de la République, entre lesquelles nous croisâmes une ou deux figures politiques majeures du moment. En d'autres circonstances, j'aurais apprécié cette visite et aurais été curieuse de parcourir ce lieu empreint de sens et de symboles, mais je n'avais en tête que d'alerter les coulisses du pouvoir sur le cas de Manon. L'huissier me conduisit devant le bureau de Sedel où son assistante parlementaire m'invita à pénétrer. Le député fumait une cigarette, face à la fenêtre ouverte. Je l'avais vu à la télévision, mais je n'avais pas réalisé qu'il était si grand, encore plus que son frère. Aux murs, de part et d'autre de la photo officielle du président Hollande, Sedel apparaissait sur des clichés en compagnie de ses principaux mentors, Jacques Chirac, Alain Juppé et Nicolas Sarkozy.

— Bonjour, madame Dompierre, asseyez-vous, je vous en prie, dit-il en me désignant un fauteuil. Jean-François m'a dit que vous souhaitiez me rencontrer et que vous étiez une de nos plus brillantes spécialistes.

— Merci…

J'étais en dette par rapport à mon patron et je savais que je ne pourrais lui taire bien longtemps l'origine du problème, d'autant que je l'exposais maintenant en détail à son propre frère. Lorsque j'eus terminé de relater ce qui était arrivé à Manon et d'exprimer mon souhait de voir notre pays agir officiellement en faveur d'une de ses ressortissantes, le député resta un long moment silencieux.

— En 1995, dans le cadre de mes attributions ministérielles, fit-il douloureusement, j'ai été confronté à la série d'attentats islamistes perpétrés par le GIA. J'étais à la station Saint-Michel du RER B, j'étais place Charles-de-Gaulle, j'ai vu les corps démembrés, transpercés par les clous et les boulons... Je ne suis jamais parvenu à chasser ces images de ma tête. Et voilà que vingt ans plus tard, ça recommence avec les attentats du Bataclan et des terrasses. Sauf que cette fois, j'étais comme tout le monde, devant ma télé, en train de regarder le match de foot. Et je me suis fait le serment que nous devions tout faire pour éviter l'importation de nouveaux terroristes sur notre territoire. Autrefois le GIA, maintenant Daech, qui seront les prochains ?

— Ma fille n'est pas une terroriste, plaidai-je, rien ne le prouve ! Elle est partie avec ce type, mais elle s'est fait manipuler, comme tant d'autres. J'ai parlé avec des femmes enrôlées par Daech. Le scénario est toujours le même. La plupart sont retenues contre leur gré. Si mon enfant était captive au Sénégal ou au Brésil, l'État français interviendrait pour la rapatrier. C'est même un devoir !

Sedel balaya ma remarque d'un geste agacé.

— Les menaces d'attentat sur notre pays vont croissant. Personne n'a envie de faire dans le détail. Pour les Français, tous les jeunes qui sont partis en Syrie sont des complices de Daech. Des sympathisants au mieux, conclut-il en haussant les épaules.

— Monsieur le député, je vous demande de faire quelque chose au plus haut niveau, pour qu'on aide ces gamines, et qu'on les rapatrie au lieu de les bombarder.

— J'ai assez peu de pouvoir sur le commandement des forces de la coalition, ironisa-t-il.

— Oui, mais vous pouvez parler au plus haut de l'État, vous pouvez sensibiliser des personnes qui le peuvent !

— Madame Dompierre, si je vous résumais la pensée dominante d'une manière un peu directe, je vous dirais que beaucoup préfèrent que les islamistes meurent en Syrie plutôt que de venir foutre le bordel dans nos banlieues ou se faire sauter près d'un stade.

— Ça veut dire quoi ? On ne va jamais faire revenir nos enfants ?

Sedel se leva et retourna à la fenêtre allumer une cigarette.

— Pour l'heure, madame Dompierre, l'état d'esprit des Français est à la vengeance et non à la commisération. Les élus du peuple se doivent d'être attentifs à ce que pensent leurs compatriotes.

Quelques plus jours plus tard, le 26 juillet, le père Jacques Hamel était égorgé dans l'église de Saint-Étienne-du-Rouvray par deux terroristes islamistes se réclamant de Daech. Le lendemain, son visage figurait en une de la presse du monde entier, la plupart des titres agitant le spectre d'une guerre religieuse en France.

Je fus envahie d'une faiblesse insurmontable, n'ayant guère besoin d'imagination pour deviner ce qui habitait les pensées de mes concitoyens et pour comprendre que les portes se refermaient les unes après les autres.

Malgré l'humiliation et la désillusion consécutives à cette entrevue, j'honorai la promesse faite à mon patron de consulter le médecin du travail de l'Assistance publique. Je relatai à ce dernier l'intégralité des événements de la période récente et évoquai mon asthénie. Le praticien qualifia mon état nerveux de dépression profonde. Il me déclara incapable d'exercer mon métier et m'imposa un arrêt de travail de six mois. Enfin, il m'ordonna d'entamer une cure de désintoxication alcoolique.

En février 2017, j'avais cessé de boire de l'alcool et je dormais mieux, mais ma capacité à évoluer en société n'était pas reconstituée, mes journées s'écoulaient dans un ennui que de fortes doses d'anxiolytiques et d'antidépresseurs rendaient particulièrement dense. Je stagnais devant les émissions de divertissement proposées par les chaînes de télévision et changeais de programme lorsque arrivait le moment des journaux d'information. Cette abstinence médiatique allait de pair avec une déconnexion des réseaux sociaux. Je vivais comme sous l'effet d'une péridurale étendue, consciente, mais sans capacité de réaction, observant en voisine ce corps et cet esprit qui naguère étaient les miens. Si mes pensées me ramenaient constamment à Manon, la camisole chimique empêchait tout ébranlement affectif. J'analysais les faits sans émotion, je pesais les chances de ma fille de revenir au gré des nouvelles qui me parvenaient, par surprise, lorsque mon oreille traînait.

Les forces de la coalition internationale avaient mis un coup d'arrêt à la progression de Daech. On évoquait des dizaines de milliers de morts parmi les civils et cela ne me touchait guère. Ou plutôt, l'information se situait au même niveau hiérarchique que n'importe quelle autre, le nombre de kilomètres de bouchons, le passage du département en vigilance orange ou les faillites d'entreprises du dernier trimestre. Je savais ce détachement anormal et l'addictologue m'avait avertie que la souffrance reviendrait avec la diminution des doses médicamenteuses. À terme, l'étape de la confrontation avec la réalité serait nécessaire et j'aurais à la supporter sans la béquille de l'alcool. Nous avions convenu de commencer à alléger les prises de médicaments une fois passée la date du deuxième anniversaire du départ de Manon. D'ici là, la consultation hebdomadaire avec cette femme, dont le cabinet luxueux en disait long sur le niveau de revenu de ses patients alcooliques ou toxicomanes, constituait l'événement de ma semaine. Pour m'y rendre chaque mercredi, je suivais un rite. Ces jours-là, je réglais la sonnerie de mon réveil à sept heures du matin, j'ouvrais les volets et je m'alimentais, me coiffais, me maquillais et enfilais des vêtements choisis la veille, puis je traversais Paris à pied, quelles que soient les conditions climatiques. Au retour, je me rendais au supermarché pour faire des courses. Autrement dit, j'invitais le banal au milieu de mon quotidien ravagé, je forçais le normal à investir le champ de ruines qu'était devenue mon existence, car, à part le mercredi, je n'avais plus la force de sortir de mon lit, de voir la lumière du jour, de me nourrir ou de faire le moindre exercice physique.

C'est ainsi qu'un jour, à mon retour d'une consultation, j'eus la surprise de découvrir le brigadier Malbeque, assis sur un banc, face à mon immeuble.

En m'apercevant, il se leva, affichant une gestuelle embarrassée, bien éloignée de son assurance habituelle.

— Bonjour, madame Dompierre, est-ce que je peux vous parler ? fit-il avec douceur.

— D'habitude, vous ne me demandez pas l'autorisation, répondis-je d'une voix lestée par les médicaments. Mais je croyais que vous ne vous occupiez plus de ce dossier ?

— J'effectue cette démarche à titre personnel. Il serait préférable qu'on parle chez vous.

— Non, je préfère ici.

Mon appartement était dans un tel état qu'il m'était impossible de laisser quiconque en franchir le seuil. Stéthoscope s'accommodait de cette tanière malodorante, se nourrissant des restes dans mes assiettes qui s'empilaient dans la cuisine. Chaque jour je remettais au lendemain la décision de ranger et de faire le ménage.

— Voilà, madame Dompierre, reprit le brigadier. Le terroriste Ayoub Zaouche a été localisé à Mossoul, en Irak…

L'information mit un certain temps à s'imposer dans mon esprit confus, mais déjà Malbeque poursuivait :

— La maison où il résidait a été détruite à la suite d'un tir de missile effectué par un drone Reaper de l'armée américaine et les forces spéciales opérant au sol ont confirmé l'identité du terroriste parmi les victimes.

Je n'arrivais pas à déterminer s'il s'agissait d'une bonne ou d'une mauvaise nouvelle et me dirigeai mécaniquement vers le banc, tandis qu'il continuait :

— En tout, on a relevé une vingtaine de corps dans les décombres… dont ceux de plusieurs femmes et enfants. Il s'agissait de la demeure où Zaouche vivait avec sa famille… Dans les jours qui précédaient, des captations des services secrets avaient permis d'affirmer qu'une Française résidait dans cette maison. Je suis désolée de vous l'annoncer, madame Dompierre, mais votre fille fait certainement partie des victimes de ce raid.

J'avais compris avant qu'il ait fini sa phrase. L'annonce tant redoutée venait maintenant. Elle me prenait par surprise, au pied de mon immeuble. Encore plus effroyable que tout ce que j'avais imaginé. Aucun conditionnement, aucun scénario, après ces années d'attente et parfois de répétition mentale du pire possible, n'avait pu me préparer à une telle commotion. J'avais pu l'imaginer des dizaines de fois, sans que mes jambes flageolent et se dérobent. Sans que mon ventre soit glacé d'un froid immense. Sans que mon sang reflue et vienne taper à mes oreilles, en une vaine tentative de s'évader de mon corps en plein effondrement. Malbeque se précipita alors que je m'affaissais et il m'aida à m'asseoir sur le banc.

— Madame Dompierre, ça va ?

— Non..., répondis-je.

Dévastée, je cherchai un appui et trouvai son épaule. J'allais défaillir mais j'eus la force de demander :

— C'est arrivé quand ?

— Le mois dernier. Début janvier. Les forces irakiennes sont en passe de reconquérir la ville... Je suis désolé, les bombardements sont terribles et il y a énormément de victimes collatérales...

Ma fille était décédée depuis un mois et pourtant j'avais continué à vivre. Rien n'avait modifié la nature de mon quotidien. J'avais imaginé qu'un mystérieux instinct m'aurait avertie si cela avait été le cas et je m'étais trompée. Ma vie s'était poursuivie, tapie au fond d'une caverne puante et sombre, quand la sienne était achevée. Je me laissai glisser sur le flanc, convoquant un souvenir d'elle, petite. Manon fermait les yeux lorsque je la déposais à la crèche. Elle disait que si elle ne voyait pas les assistantes maternelles, ces dames n'étaient pas là. Alors je fermai les yeux pour que l'univers n'existe plus. Pour que rien de tout cela n'ait les moyens de s'imposer comme vrai.

— Madame Dompierre, vous voulez que j'appelle un médecin ?

Pelotonnée sur la planche dure, je hochai la tête négativement et gardai les yeux clos, soumise à l'intolérable douleur qui montait de mon ventre.

— Comment avez-vous su que Zaouche était là-bas ? murmurai-je.

— On a transmis l'information que vous nous aviez donnée aux forces de la coalition. Ils ont vérifié… Et cela s'est révélé exact.

J'émis un long gémissement en comprenant qu'en répétant au commissaire de la DGSI les informations recueillies à Idlib, j'avais ouvert la voie à ce tir. À la manière d'un opérateur de drone assis dans une salle semi-obscure à plusieurs milliers de kilomètres du terrain d'action, pilotant par joystick devant ses écrans, j'avais guidé ce missile. J'avais tué ma fille.

— Je n'arrive même pas à pleurer, dis-je d'une voix faible.

TROISIÈME PARTIE

En observant le cœur palpiter sous le coup des émotions fortes, Descartes et Aristote avaient conclu qu'il abritait le siège des sentiments. Il ne s'agit pourtant que d'un muscle doué de propriétés contractiles autonomes, une pompe que l'on peut assister par un mécanisme artificiel ou que l'on peut remplacer, depuis peu, par l'organe d'un cochon. Le disséquer ne permet nullement de trouver où résident les douleurs extrêmes. Le remords et la honte ne constituent en rien son alliage. Un amour disparu n'y laisse aucune empreinte. Si on avait greffé mon cœur à un receveur compatible, ce dernier n'aurait pas éprouvé la moindre tristesse à l'évocation de la mort de Manon.

Trois années s'étaient écoulées et je ne me remettais ni de sa perte ni de l'implacable enchaînement des événements qui avait abouti à un tel non-sens. J'avais fini par renoncer à essayer de déterminer ce qui était venu percuter la vie de ma fille. Un jour on emprunte l'autoroute et l'on se retrouve face à un véhicule lancé à toute allure. Comprendre les raisons pour lesquelles l'autre conduit à contresens ne permet pas d'en réchapper. Si techniquement j'étais en vie, mes fonctions vitales opéraient hors de ma volonté. J'avais résilié son abonnement téléphonique pour ne plus céder à la tentation dévastatrice d'écouter sa voix sur son message d'absence. J'avais refermé la porte de sa chambre. Je n'avais pas remplacé les piles de la souris électrique qu'elle avait offerte au chat. Son flacon de parfum avait fini à la poubelle, la fragrance florale ne m'évoquant plus que les fleurs du deuil.

Mon médecin avait abandonné l'idée d'un sevrage. Grâce à une chimie savamment dosée, il tentait d'obtenir un tracé plat sur le graphe de mes émotions. Il maintenait mon énergie dans une zone en deçà de celle où j'aurais pu trouver la force de mettre fin à mes jours. Il m'avait proposé de prolonger mon arrêt de travail, mais, accablée par le délitement de mon engagement, j'avais pris les devants en démissionnant de l'Assistance publique. Je n'exerçais nulle part et percevais une modeste rémunération en effectuant une veille sur Internet pour le compte d'un laboratoire suisse de biotechnologies. Je passais au crible les contenus liés à la génétique cardio-vasculaire. Je produisais des résumés critiques qui leur permettaient d'orienter la recherche et le développement de nouvelles thérapeutiques. Nos échanges s'effectuaient par mail. Je ne répondais plus au téléphone. Je me faisais livrer le nécessaire. Ainsi, sans contact direct avec ceux de mon espèce, je parvenais à enchaîner une journée à celle qui l'avait précédée.

Entre 2015 et 2020, l'illusion que mes actions étaient capables d'influencer le destin avait fait long feu. Daech avait fini par être défait grâce à l'intervention combinée de la coalition internationale et des Kurdes des Forces démocratiques syriennes. La chute de Mossoul avait été suivie de celle de Racca, fief de l'État islamique en Syrie. Le califat, encore animé de soubresauts lugubres, s'était réduit comme peau de chagrin en quelques mois. Ses membres s'étaient repliés, en descendant le cours de l'Euphrate, jusqu'à la ville d'al-Baghouz, où avaient eu lieu les derniers combats d'envergure. Après des semaines de bombardements intensifs conduisant à la mort ou à l'emprisonnement de la quasi-totalité des combattants de Daech, ce réduit était tombé. Au cours de cette sanglante reconquête, des centaines de milliers de civils avaient péri ou s'étaient retrouvés jetés sur les routes qui reliaient encore leurs villes en ruine. Bachar el-Assad, resté au pouvoir grâce à l'appui de Vladimir Poutine, régnait désormais sur un pays en lambeaux. Pion fragile, Manon n'avait pas survécu à une situation dont elle n'avait jamais été en mesure d'évaluer la gravité. Elle n'avait pas eu la moindre chance, en fait. Ni elle ni tous ceux qu'on avait sacrifiés sur les autels aveugles de l'ambition et de la domination.

Début mars 2020, je reçus un mail de Shannon, la seule personne avec qui j'étais restée en contact dans le milieu hospitalier. Elle m'informait de la situation préoccupante qui s'annonçait à Strasbourg, où elle résidait depuis la mutation professionnelle de son époux. Dans le Grand Est, les urgences étaient submergées par l'arrivée de patients présentant des pneumopathies asphyxiantes qui réagissaient mal aux traitements. À ce rythme, les services de réanimation seraient saturés en quelques jours. Elle terminait son message en me recommandant de prendre garde. Officiellement recensé en France depuis le 20 janvier, la Covid-19 venait d'entrer avec fracas dans nos vies.

Le 17 mars, l'état d'urgence sanitaire fut déclenché, les frontières avec nos voisins fermées et l'ensemble du pays fut confiné. Je découvris au jour le jour les statistiques qui nous informaient de la croissance inexorable du nombre de patients admis en réanimation. Mais à vingt heures je n'ouvrais pas ma fenêtre pour applaudir les soignants. Je me sentais illégitime d'être vivante, sans ressource pour applaudir ce corps médical dont je m'étais exclue. Je n'appartenais plus à aucune catégorie ou groupe professionnel. Pour reprendre la terminologie en vigueur à l'époque, j'illustrais parfaitement la définition d'une personne non essentielle. Toutefois, j'accédais aux publications de l'OMS qui dessinaient les contours de ce fléau, à mesure que les niveaux d'alerte étaient relevés sur chaque continent. Un vocabulaire guerrier fleurissait dans les bouches et je ne pus m'empêcher d'y voir un parallèle avec la contagion foudroyante du phénomène qui avait emporté ma fille. Comme aux pires moments des attentats islamistes, des décomptes sinistres des victimes du coronavirus se tenaient chaque jour sur la planète. Les dirigeants utilisaient le terme de « guerre sanitaire ». Les journalistes évoquaient un branle-bas de combat général. Les États s'organisaient en coalition pour acheter des masques. Bientôt vinrent les premiers déplacés, patients intubés, ventilés, transportés par train ou par avion en direction des zones moins soumises aux tensions épidémiques. On mobilisait les soignants, on applaudissait ceux qui se battaient en première ligne et on déplorait de ne pouvoir assurer la relève des personnels. Les uniformes de protection manquaient, un premier médecin mourut. Les chercheurs travaillaient jour et nuit sur la mise au point de l'arme absolue, le vaccin. On n'avait plus de temps ni de place pour enterrer les morts. La désinformation et la propagande prospéraient sur le malheur des populations.

En avril, je reçus le message suivant sur mon téléphone : « Bonjour docteur Dompierre, je suis la maman de Chloé, la jeune fille que vous aviez suivie en 2012, après que son frère a fait un arrêt cardiaque. Je n'ai jamais oublié notre rendez-vous, porteur d'un espoir immense pour sa sœur. Malheureusement je dois vous annoncer une terrible nouvelle. Ma fille a succombé hier de la Covid. Elle allait pourtant bien grâce aux traitements que vous lui aviez prescrits à l'époque et grâce à vous elle a pu connaître huit années d'une existence pleine et heureuse. Mais son cœur n'a pas résisté lorsque le virus a frappé. Elle avait vingt ans. »

Chloé fut une des premières jeunes victimes dans notre pays.

Toute la nuit ce message travailla mes pensées à la manière d'une gouge implacable, mettant au jour l'égoïsme de mon repli sur moi-même en cette période critique de l'humanité. Le lendemain, je pris la décision de me rendre utile et me présentai à l'hôpital Georges-Pompidou. L'établissement était ceint de barrières destinées à réserver l'accès au personnel soignant et aux patients atteints de la Covid. Dans le concert des sirènes des véhicules de secours, un peloton d'infirmiers en scaphandre de protection triait les arrivants selon la gravité des symptômes. J'avais prévenu Jean-François Sedel de ma visite et on me laissa passer en me remettant un masque chirurgical.

L'établissement était calme, les visites n'étaient plus autorisées. Dans les coursives quasi désertes, les soignants se déplaçaient affairés, silencieux. La totalité des consultations avait été annulée, les interventions chirurgicales non urgentes avaient été déprogrammées, des étages entiers de l'hôpital avaient été réaffectés en structures d'accueil pour les malades en détresse respiratoire. Les services qui s'y prêtaient avaient été transformés en unités de réanimation, d'autres avaient été fermés. On avait créé des lits supplémentaires partout où c'était possible, dans les salles de réveil, en hôpital de jour, dans tous les secteurs où les cancers, les infections chroniques, les maladies rares et les pathologies qui ne tuaient pas rapidement avaient été mis en attente.

Comme en médecine de guerre on traite en premier les patients qui ont une chance de survie, on accordait une priorité à ceux qui n'étaient ni trop âgés ni obèses ou trop vulnérables, car il n'y avait pas assez d'oxygène pour tous, d'anesthésiques, de corticoïdes, de traitements immunostimulants. On ne le disait pas, mais à l'hôpital, tout le monde le savait.

Combattre cet ennemi invisible à l'ubiquité alarmante me permettait de reconquérir une place en humanité. J'allais assécher ma culpabilité en offrant de l'attention, en donnant du soin, en étant présente pour les autres.

Alors que j'entrais dans son bureau, je fus frappée par le changement physique de mon ancien patron. Il n'avait pas dormi depuis plusieurs jours, ses yeux enfoncés dans leurs orbites étaient ternis par un voile triste. Ses gestes étaient lents, il portait un masque chirurgical, je me demandai s'il n'était pas atteint.

Il me devança :

— On l'a presque tous, mais ça va… on tient le coup. On n'a pas le choix de toute façon.

Je m'assis face à lui, tandis qu'il poursuivait :

— Je suis très content de vous revoir, Hélène… J'ai toujours remis le moment de vous appeler et de vous dire à quel point j'étais désolé pour vous. J'ai été mis au courant du départ en Syrie de votre fille, mon frère n'a pas su tenir sa langue…

Je haussai les épaules : tout cela était loin derrière moi, même si j'avais appris, non sans une certaine satisfaction, que Louis Sedel avait été balayé par la vague de dégagisme qui avait accompagné l'élection d'Emmanuel Macron.

— Malheureusement, elle est décédée, répondis-je.

Comme il semblait estomaqué, je poursuivis :

— Je n'ai pas son corps, pas pu faire mon deuil, mais j'essaie de tenir le coup…

— Nous avons besoin de personnes en forme, rétorqua-t-il.

— J'en suis parfaitement consciente, c'est pour ça que je suis venue, je ne bois plus d'alcool depuis un moment.

Sedel se détourna pour tousser longuement. Puis il plaça un oxymètre à l'extrémité d'un de ses doigts.

— Ce virus a un comportement incompréhensible, maugréa-t-il, comme pour changer de sujet. Les gens arrivent, ils ont à peine quelques difficultés à respirer, et le lendemain, on les retrouve en détresse absolue. On les plonge dans le coma, parfois ils n'ont même pas le temps d'envoyer un message à leur famille et personne ne sait s'ils se réveilleront.

— Je sais que vous avez fait appel à des étudiants en médecine, insistai-je, il me semble que j'ai le niveau requis.

Sedel soupira. Évidemment que j'avais le niveau. Ce n'était pas ce qui l'inquiétait. Puis il riva ses yeux aux miens, nos regards soulignés par la ligne de tissu du masque, le reste du visage soustrait à l'examen, nos âmes en vis-à-vis. Et finalement, il hocha la tête.

— Écoutez, Hélène, nous avons besoin de monde pour dispatcher et orienter les patients. Nous ne cessons de mettre en place des lignes supplémentaires au 15 et il nous faut davantage de régulateurs.

— Je ne veux pas être derrière un téléphone, répondis-je. Je veux intégrer un service de réanimation.

Sedel tiqua :

— Je ne crois pas que ce soit une bonne idée. Les équipes tournent vingt-quatre heures sur vingt-quatre, il y a beaucoup de morts parmi les patients et de malades parmi les soignants. C'est très éprouvant psychologiquement et la plupart…

— Rien ne peut être plus éprouvant que ce que j'ai vécu ces dernières années, l'interrompis-je.

J'intégrai l'unité de réanimation montée de toutes pièces dans ce qui avait été le service de cardiologie pédiatrique. Les enfants n'étant pas ou peu atteints, ou ne développant presque jamais de formes graves de la Covid, l'étage avait été réaffecté et équipé avec trente respirateurs acheminés d'Allemagne. Il n'accueillait désormais plus que des adultes, cumulant pour la plupart d'importants facteurs de risque. Je suivis une formation accélérée en visio, chaque soir, pour me familiariser avec le matériel de ventilation et de surveillance. Nous étions une vingtaine, équipés de tenues de protection intégrales, répartis en deux équipes qui effectuaient une rotation par jour. En outre, je me portai volontaire pour enchaîner service de nuit et service de jour afin de soulager des consœurs et des confrères qui avaient des enfants. Le premier mois, je ne remis les pieds à mon domicile qu'à trois reprises, dérobant à la maladie quelques heures de repos dans la chambre de garde.

L'extraordinaire solidarité et l'abnégation manifestées par les membres de l'équipe me portaient littéralement. Certains tombèrent malades, mais ne cessèrent le travail que si leur faiblesse l'imposait. Dans la société civile, on recommandait l'isolement, mais notre corporation ne pouvait suivre la règle. Pour former une brigade de retournement quatre soignants étaient requis. Quatre fois par jour. Pour chacun de nos trente patients. Personne ne pouvait manquer à l'appel. Positionner le patient en position ventrale était ardu car la majorité des malades étaient en surpoids et connectés à un entrelacs complexe de conduits de ventilation et de perfusions. Le décubitus ventral libérait les alvéoles situées à l'arrière du poumon. La respiration artificielle pouvait être plus douce, les poumons cicatrisaient au lieu de subir des dégâts supplémentaires et la quantité d'oxygène administrée était potentialisée. Certains patients restèrent plusieurs semaines, retournés toutes les six heures. L'apparition d'escarres sur leur visage était prévenue par l'application de pansements gras sur le front et le nez. À aucun moment Manon ne quitta mon esprit ; cependant, à chaque personne qui sortait du coma et entamait sa rééducation, l'atroce remémoration du décès me lancinait avec moins de vigueur. Les cohortes de fantômes vêtus de noir, les actes de violence sanguinaire, les paysages de désert s'effaçaient derrière le bonheur de familles à nouveau réunies. Le ressentiment cédait la place à la tristesse et une image de ma fille parvenait à se recomposer, intacte. Mais je savais qu'il s'agissait d'un mirage car, au-delà de mon anéantissement émotionnel, la raison m'empêchait d'espérer qu'une telle affliction s'interrompe un jour. Il m'avait trop souvent incombé d'accompagner une mère frappée par le décès de son enfant pour ignorer qu'elles ne s'en relevaient jamais. Néanmoins, je m'apaisais, je n'étais plus en guerre, ou plutôt j'avais changé de conflit. Guérir les autres me guérissait.

Ma convalescence se prolongea tandis que les confinements alternaient avec des périodes de retour à la liberté, inéluctablement responsables de sursauts de l'épidémie. Toutefois l'étau se desserrait lentement. Les mesures d'isolement devenaient moins drastiques grâce à l'évolution des protocoles thérapeutiques, jusqu'à la mise au point du vaccin, que nous fûmes les premiers à tester sur nous-mêmes. Lorsque la pandémie reflua de manière certaine, j'envisageai de quitter le périmètre protecteur de mon étage. On désarmait certains services de réanimation, les patients commençaient à retourner à l'hôpital, la médecine quotidienne se remettait en ordre de marche. Je choisis d'intégrer un centre de vaccination, loin des gestes décisifs qui avaient ponctué nos courses feutrées et le déclenchement des alarmes. En réanimation, la dépendance des personnes hospitalisées était telle, leur asservissement au personnel médical si absolu que les soignants eux-mêmes étaient inféodés à cette vulnérabilité. Pareille symbiose supposait que nous aussi, une fois sortis, devions réapprendre à vivre.

Ma rémission se poursuivit en vaccinant des centaines de personnes chaque semaine et en réinvestissant la raison principale pour laquelle j'étais entrée en médecine. J'en arrivais à reconsidérer l'intérêt de mes années de spécialisation dans les troubles du rythme. À quoi sert d'accumuler une connaissance aussi pointue, utile seulement à quelques-uns, lorsque la souffrance se répand universellement ?

En plein hiver, l'apparition du variant Delta provoqua un nouvel afflux de patients et je prolongeai ma mission dans le centre de vaccination d'où j'assistai avec sidération, comme l'ensemble de la planète, le 24 février 2022, à la retransmission télévisée de l'allocution de Vladimir Poutine. Le président russe annonçait le lancement d'une « opération militaire » spéciale en Ukraine, dénonçant le gouvernement de Kiev comme néonazi et proférant la menace à peine voilée d'un déchaînement de forces militaires inconnues sur quiconque tenterait de l'en empêcher. L'invasion de l'Ukraine avait débuté, le spectre d'une utilisation de l'arme atomique était agité et la perspective d'une troisième guerre mondiale était d'ores et déjà évoquée.

Près de deux cent mille soldats russes participèrent à la violation des frontières internationalement reconnues d'un pays indépendant. Cette démonstration de force provoqua la résurgence d'images et de sons que j'essayais de contenir depuis la mort de Manon, échos lugubres de l'intervention russe qui avait maintenu en place le dictateur syrien. Le souvenir de mes échanges avec le couple Al Hamoud s'éleva des replis de ma conscience. Conversations dans leur appartement d'Idlib dont je n'avais pas mesuré à l'époque qu'elles étaient tristement prophétiques de mon échec.

Les images parvenant de la ville martyre de Boutcha soulevèrent l'indignation mondiale et fédérèrent un soutien actif au régime de Volodymyr Zelensky. Quant à moi, je ne voyais dans ces exactions que répétition de la sauvagerie exercée par l'État islamique. Meurtres de masse, exécutions, viols, actes de torture. N'étaient les milliers de kilomètres qui les séparaient, rien ne différenciait les assassinats commis en buvant de la vodka de ceux exécutés en récitant des sourates. L'humanité entière était dépréciée par la conduite de quelques-uns. Une même avidité dominatrice sans limites, déguisée en prétendue croisade idéologique. J'étais pareille à ces femmes, ces sœurs, ces mères qui, dans les reportages, relataient l'assassinat de leurs proches ou leur disparition dans un bombardement. J'étais ukrainienne, comme après les attentats de 2015, lorsque Manon était en vie, ensemble nous avions été flic, juif ou Charlie. Maintenant qu'elle avait disparu, pour la première fois, je me surpris à ne pas le regretter. Si la folie d'un homme devait aboutir à la destruction des nations engagées dans un conflit nucléaire global, autant que ma fille ne soit plus là pour y assister. Je montais de toutes pièces ce discours de justification pour continuer à la protéger même après sa mort et trouver, dans une certaine mesure, une raison à la poursuite de ma propre existence.

La réitération de l'abominable érode l'indignation et la révolte. La litanie des douleurs infligées par cette guerre se poursuivit tout au long de l'année 2022, puis en 2023, en égrenant l'implacable comptabilité de centaines de milliers de morts et de blessés, milliards de dollars d'aides occidentales, millions de missiles et d'obus livrés par les Iraniens et les Nord-Coréens à Russie, gigawatts égarés dans les centrales électriques détruites, kilomètres carrés grignotés au gré des avancées ou des reculs du front. Les lignes rouges qu'il ne fallait pas dépasser et qui, sitôt leur franchissement, étaient repoussées vers une prochaine limite, dont chacun se demandait s'il ne s'agissait pas de celle qui précède immédiatement l'apocalypse.

L'attention du monde se déplaça sur le vieux continent. Les médias ne parlaient plus guère de la Syrie, du régime despotique de Bachar el-Assad, des cellules dormantes de Daech qui se réveillaient peu à peu, du conflit entre les Turcs et les Kurdes. La menace islamiste était passée au second plan derrière la possibilité de survenue d'une guerre de haute intensité sur le territoire européen. Le Moyen-Orient se faisait oublier.

Jusqu'au matin du 7 octobre 2023.

Dès l'aube, la branche armée du Hamas déclencha l'opération « Déluge d'Al-Aqsa », appuyée par le Jihad islamique palestinien, le Front populaire de libération de la Palestine et le Front démocratique pour la libération de la Palestine. Cinq mille roquettes déchirèrent le ciel d'Israël et trois mille combattants palestiniens envahirent le sud du pays. Les commandos, à moto ou sur des pick-up, s'infiltrèrent entre les défenses israéliennes neutralisées et attaquèrent des bases militaires proches, d'autres surgirent par la mer et d'autres encore par air, en paramoteur. Les assaillants ciblèrent une vingtaine de villes et plusieurs kibboutz proches de Gaza, y assassinant pendant des heures hommes, femmes et enfants, et commettant de nombreux viols et actes de torture. Dans le désert du Néguev, le festival de musique Tribe of Nova, où s'étaient réunis près de trois mille jeunes, se trouvait sur le chemin des assaillants. Trois cent soixante-quatre participants d'une rave-party y furent exécutés lors d'une sauvage chasse à l'homme. Les forces armées israéliennes ne purent reprendre totalement le contrôle du terrain que trois jours plus tard. Entretemps près de mille deux cents personnes avaient péri – dont quasi les deux tiers étaient des civils –, sept mille cinq cents avaient été blessées et deux cent cinquante et une avaient été enlevées par les différentes factions ayant participé à l'assaut et se trouvaient retenues en otage dans la bande de Gaza.

À dix heures, ce matin-là, les premières frappes aériennes de représailles touchèrent la ville de Gaza. Benyamin Nétanyahou déclara que l'État d'Israël était en guerre contre le mouvement Hamas et que celui-ci allait payer un prix sans précédent.

Six semaines plus tard, des milliers de Gazaouis avaient péri sous les bombardements israéliens. La bande de Gaza était réduite à des milliers d'hectares de ruines et de cendres. Personne ne voyait comment une riposte aussi puissante et destructrice pouvait ménager un jour un espace pour la paix. Le conflit, propagé à l'ensemble du Moyen-Orient, enflammait les opinions publiques mondiales, entraînant une montée de l'antisémitisme et des affrontements dans les rues, les quartiers, les universités, les plateaux télé, jusque dans l'enceinte de l'Assemblée nationale, où, dictionnaire en main, on se renvoyait la définition de « génocide » et celle de « pogrom ».

Je me trouvais à Strasbourg où Shannon m'avait proposé de venir la voir. Me changer les idées, comme elle disait. Le sevrage de mes traitements était presque terminé et j'avais accepté en espérant trouver la force de m'exprimer sur ce qui était arrivé à Manon, mais chaque fois les mots s'étranglaient dans ma gorge, ou, s'ils parvenaient à ma bouche, l'envahissaient de bribes douloureuses qui ne pouvaient faire sens. Depuis des années, après avoir menti sur la nature réelle du départ de ma fille, j'avais fini par rompre avec mes proches, les uns après les autres ; je n'avais jamais véritablement réussi à confier à quiconque ce qui s'était réellement passé, condamnée depuis huit ans à un exil intérieur, déracinée de mon état naturel de mère. Et pourtant j'avais choisi de venir à Strasbourg dans le but de libérer ma parole.

C'était compter sans Arié, le mari de Shannon, dramatiquement inquiet de la contagion à la France du conflit israélo-palestinien. La maison de son frère avait été taguée d'une série d'étoiles de David. Il était persuadé que leur patronyme pouvait les dénoncer et interdisait désormais à ses fils de réserver un Uber sous leur nom, de même que de communiquer leur adresse exacte, ainsi que l'avait fait leur cousin. Chaque jour, comme s'il était devant ses étudiants, il tenait absolument à nous expliquer les caractéristiques des différentes factions qui avaient participé à cet attentat terroriste. Lesquelles étaient issus de la matrice des Frères musulmans, lesquelles étaient marxistes léninistes… À chaque repas, il analysait l'opposition de ces groupes à l'Autorité palestinienne de Mahmoud Abbas et dissertait sur l'influence néfaste de l'Iran et de ses proxys, le Hezbollah, les Houthis. Puis on en venait inévitablement au rôle de la Syrie, à Bachar el-Assad et, de là, à l'État islamique, à Al-Qaida, au Front al-Nosra.

À ce stade, oppressée par ces sinistres rappels, je tentais de changer de sujet de conversation. Shannon n'était pas dupe et avait demandé à son époux de faire un effort, mais il ne pouvait s'empêcher d'y revenir, prisonnier d'une obsession tragique. Il affirmait que savoir, comprendre, permet de rationaliser et nous éloigne du malheur. Sauf que cela m'y plongeait et convoquait la représentation d'un passé auquel je tentais d'échapper.

Un soir, Arié rentra effondré, ne pouvant retenir ses larmes. Shannon crut qu'il était arrivé quelque chose à Ruben, leur fils cadet.

— Non, c'est ce film…, parvint-il à confier.

— Quel film ?

— Un film fait par l'armée israélienne… Ils l'ont diffusé au Parlement, aux députés européens qui ont accepté de le voir.

— C'est quoi ce film ?

— Tsahal a voulu réagir à la propagande du Hamas, aux fake news, aux doutes distillés sur les réseaux… Ils ont monté quarante-huit minutes d'images, choisies parmi les vidéos à leur disposition… Ça venait des caméras de surveillance des kibboutz, de celles embarquées dans les voitures des victimes, des victimes elles-mêmes et des terroristes qui se sont filmés avec leur smartphone, ou d'autres qui avaient une GoPro embarquée… C'est horrible, tu regardes ça et tu es au cœur du carnage…

Il enfouit son visage entre ses mains, secoué de sanglots. J'aurais voulu le réconforter comme tentait de le faire sa femme, mais j'en étais incapable, comme si ma capacité à m'émouvoir était saturée de tant d'ignominie et de souffrance. Je restai en dehors, honteuse.

— Mais pourquoi tu as été voir ça, Arié ? lui demanda Shannon avec douceur. Tu vois déjà dans quel état tu es ? Tu te fais du mal.

— En tant que professeur d'histoire, j'étais invité… Ils veulent qu'on témoigne de ce qui s'est passé, qu'on dise la vérité !

— Il fallait me prévenir, je t'aurais dit ne pas y aller.

— On m'avait demandé de garder le secret, pour protéger la séance… Il fallait être approuvé par les autorités israéliennes.

— Mais c'est toi qu'il faut protéger, Arié, fit Shannon, tu perds complètement les pédales depuis l'attentat !

— Je suis de gauche, je suis contre Nétanyahou ! répliqua-t-il, comme s'il ne l'avait pas entendue. J'ai défilé contre lui, j'ai toujours milité pour la paix, pour la coexistence des deux peuples… Exactement comme ces femmes dans les kibboutz qui ont été éventrées, comme leurs enfants l'auraient fait à leur tour s'ils n'avaient pas été brûlés vifs, s'ils avaient eu le temps de recevoir une éducation appropriée… comme ces jeunes aussi, venus danser dans le désert. Tous pour la paix. Tous morts, juste parce qu'ils étaient juifs. C'est l'agonie de la solution à deux États…

Je n'étais pas opposée à la destruction d'un groupe terroriste qui tenait en otage sa propre population en plus des otages israéliens, mais dans ma tête résonnaient les cris de tous les enfants tués, ceux de Palestine et ceux d'Israël, les déflagrations des bombes sur les immeubles de Gaza et l'amoncellement des gravats sous lesquels reposaient des corps ensevelis, comme l'avait été celui de Manon dans les décombres d'un immeuble de Mossoul.

— Excuse-moi, Arié, dis-je en me levant… Je te comprends… mais je ne peux plus écouter…

Je regagnai ma chambre. Quelques instants plus tard, Shannon me rejoignit.

— Je suis désolée, Shannon, lui dis-je, mais je vais rentrer chez moi.

— C'est moi qui suis désolée, il n'a jamais été comme ça. Il n'est pas dans son état normal.

— Tu n'as pas à t'excuser et lui non plus ne doit pas s'excuser. Il a raison de souffrir, d'être incapable d'accepter une telle horreur, de se révolter. Il a même certainement raison d'avoir peur. Mais moi, j'ai besoin d'entendre et de vivre autre chose, voilà tout… C'est peut-être lâche, mais la lâcheté est tout ce qui me reste.

À mon retour à Paris, Sedel me proposa de reprendre ma place dans le service, mais je déclinai sa proposition. La dépression et mon désengagement m'avaient éloignée du savoir. Dans mon domaine, le temps passé au fond de l'abîme ne se rattrapait pas. Les séquençages du génome avaient permis de progresser dans la compréhension des maladies rares, à une telle vitesse que je n'étais plus à la page. De nombreux talents avaient émergé, innové, poursuivi une route que j'avais contribué à tracer, mais que j'avais cessé de fréquenter. En peu de temps, la pratique de ville avait changé, les médecins manquaient dans des régions entières du pays et je réfléchissais à quitter Paris, commencer par des remplacements en province. Puis, peut-être, un jour, y ouvrir un cabinet. Je n'excluais aucune région et épluchais les petites annonces du *Quotidien du médecin*, à la recherche d'un poste dans une maison médicale, lorsqu'un appel de mon correspondant à BioLink

Therapeutics bouleversa ce projet. En décembre, il me proposa de me rendre à l'un des colloques les plus importants à se dérouler en présentiel depuis que les nations avaient rouvert leurs frontières. La pandémie avait modifié le comportement des entreprises, le développement des équipements et des logiciels de visioconférence incitait à la sobriété écologique la plupart des organisateurs. Cependant, ce symposium sur les thérapies géniques appliquées aux maladies cardiaques ambitionnait de rassembler en un même lieu les spécialistes mondiaux du domaine, dont certains avaient été mes pairs. L'associé de mon contact, qui dirigeait la biotech, venait d'être frappé par la Covid et ne pouvait pas voyager. La place m'était proposée. Il ne s'agissait pas d'intervenir, mais d'écouter et de repérer les directions de recherche intéressantes. Le congrès, prévu pour durer une semaine, se déroulerait à Istanbul.

Après avoir raccroché, je restai tétanisée. Je me sentais capable de voyager à nouveau, mais l'idée de me rendre en Turquie me bouleversait. Je m'interrogeais sur mon immunité contre les événements qui s'y étaient déroulés. Étais-je capable de retourner dans ce pays sans convoquer les tempêtes de la porte des Vents ? La Turquie avait placé Manon sur le chemin de la mort et mes espoirs s'y étaient pulvérisés.

Le fonctionnaire responsable du contrôle des passeports à l'aéroport d'Istanbul m'interrogea longuement sur mon précédent séjour en Turquie. À l'évidence, mon nom figurait quelque part dans un fichier de personnes à surveiller. Je ne mentis pas, ne laissant aucune zone d'ombre, me surprenant à répondre avec calme aux questions les plus douloureuses, et, comme je disposais de toutes les autorisations nécessaires, il me laissa pénétrer sur le territoire national. En franchissant les portes vitrées et en marchant vers le véhicule qui m'attendait, j'eus l'impression d'avoir surmonté l'épreuve et que mes pas pouvaient mener à l'oubli.

L'hôtel extrêmement luxueux dans lequel je résidais, comme la plupart des congressistes, avait été bâti en face du centre de conférences Lutfi Kirdar, à moins que ça n'ait été l'inverse, tant les deux bâtiments s'accordaient. Une parenthèse s'ouvrait hors du monde, dont le parfum était celui de mon ancienne vie. Les conférences s'enchaînaient dans les salles de ce gigantesque complexe où se pressaient cardiologues et chercheurs du monde entier. Ce microcosme joyeux et curieux goûtait sans réserve les joies retrouvées du partage de la connaissance et de la liberté de voyager. Contrairement à ce que j'avais craint, je suivais sans peine, m'enrichissant des travaux les plus novateurs et repérant dès le premier jour deux pistes intéressantes sur lesquelles j'adressai un rapport à mes commanditaires.

Le lendemain matin, je me lançais dans l'exploration du buffet de petit-déjeuner. Je m'arrêtais et ouvrais tout à tour les couvercles des chauffe-plats en inox qui renfermaient nourritures d'Orient et d'Occident lorsque j'entendis mon nom.

— Hélène ? Hélène Dompierre ?

Je me retrouvai face à une femme d'une quarantaine d'années qui me scrutait avec intensité. Ses traits éveillèrent un souvenir imprécis, mais le doute se dissipa lorsque je découvris son prénom sur son badge :

— Amara, c'est toi ?

— Oui, Yldiz, c'est le nom de mon mari, répondit-elle en ouvrant les bras.

Je me réfugiai contre elle avec spontanéité. Amara surgissait d'un passé chaleureux qui me submergea d'émotion.

— Excuse-moi, dis-je en me détachant, je ne m'attendais pas… Pardon… mais ça me fait si plaisir de te revoir.

— Mais moi aussi, quelle surprise ! Je ne vous ai pas reconnue tout de suite, répondit-elle en observant mes cheveux, gris depuis la mort de Manon.

— Effet collatéral de la Covid, mentis-je.

— Ça vous va bien.

J'avais maigri, je n'étais pas maquillée, je savais très bien que je faisais dix ans de plus, mais j'étais touchée.

— Tu me tutoyais à l'époque, rappelai-je.

Elle opina avec un large sourire.

— Docteur Dompierre, reprit-elle, mais on m'avait dit que tu avais quitté le circuit. Que tu étais passée à autre chose…

Dans notre domaine, tout le monde se connaissait et mon absence depuis plusieurs années, ainsi que la nomination d'un nouveau praticien à mon poste, n'était pas passée inaperçue. Mal à l'aise, je changeai de sujet en désignant du menton l'écran qui affichait, en surplomb de la salle, le programme de la journée.

— « Effets modulateurs des gènes TRDN et SN5A sur le syndrome du QT long chez la femme enceinte… » J'aurais dû me douter que c'était toi, dis-je.

— Qui d'autre ? Je n'ai pas changé de marotte depuis l'époque. Mais c'est grâce à toi, ajouta-t-elle, enthousiaste, tu es la première à avoir cru à mes idées !

— J'avais prévu d'y assister, à quinze heures…

— Alors tu m'aurais reconnue à ce moment-là, fit-elle, radieuse.

Je l'examinai soigneusement : elle avait conservé son opulente chevelure noire, ramenée en un chignon dressé haut sur la tête, ses traits restaient enfantins, derrière une paire de lunettes de marque. Elle portait un ensemble tailleur élégant et des talons hauts.

— Je ne sais pas, déclarai-je, tu es si belle, si pleine de force et de confiance, maintenant.

— Je suis devenue cheffe de service, ici, à Istanbul… Et aussi, j'ai un petit garçon de cinq ans…

— Mais c'est formidable, Amara, je suis tellement heureuse pour toi.

— Et Manon ? Dis-moi, c'est une femme aussi maintenant ? Elle voulait devenir médecin, je me rappelle. Alors ? Elle a gardé ça en tête ?

Le brouhaha de la salle, les voix des congressistes se mêlèrent brusquement en un magma confus d'où émergèrent, amplifiés, les cliquetis des couverts, les chocs des assiettes ; je poussai un cri, ma vue se brouilla et je fus enveloppée d'un nuage de chaleur, avant de m'effondrer sur le sol.

En 2010, Amara Aslan, désormais Amara Yldiz, s'était présentée à moi dans le cadre d'un projet cofinancé par l'Université turque et des fonds européens. À l'époque, j'accueillais chaque année un ou deux étudiants étrangers dont les recherches, en lien avec le syndrome du QT long, me paraissaient dignes d'intérêt. Amara, qui n'avait que vingt-sept ans, avait découvert un gène modulateur du syndrome, dont elle voulait mesurer les effets sur les femmes enceintes. Elle était venue en France pour travailler sur une série consistante de patientes. Lors de son séjour, nous avions publié une étude conjointe dans la revue *Circulation*. J'étais admirative de ses intuitions et de sa précocité, et notre complicité s'était largement étendue au-delà du lien professionnel. J'avais demandé à Amara si elle pouvait s'occuper de Manon, qui avait treize ans à l'époque, alors que je devais m'absenter pour un colloque et cela s'était si bien passé entre elles que nous avions renouvelé l'expérience à plusieurs reprises. Manon lui avait été très attachée et Amara avait pris l'habitude de venir habiter à la maison pendant chacune de mes absences. À son retour en Turquie, Amara avait obtenu des postes de plus en plus importants et, peu à peu, nous avions cessé de communiquer. Et maintenant, dans la chambre d'un hôtel cinq étoiles, dans sa propre ville, elle se tenait à mon chevet, tamponnant mon front avec une serviette-éponge.

— On t'a montée jusqu'à ton lit, l'hôtel a appelé un médecin.

— On n'en manque pas dans le coin, dis-je, trouvant la force d'ébaucher un sourire.

— Que se passe-t-il, Hélène ? demanda-t-elle d'un ton grave. Tu es malade ?

— Manon est morte, répondis-je sans hésiter.

Sa stupeur fut telle que je crus qu'elle allait s'évanouir à son tour. Je m'emparai de sa main et la serrai de toutes mes forces, observant les larmes déborder ses paupières closes.

— Oh, pardon, lâcha-t-elle. Mais comment, comment ?

Je me délivrai d'un trait. Je racontai tout. De la disparition de ma fille à son calvaire mortel. Je ne cachai pas ma dérive, mon combat contre l'alcoolisme, ainsi que mon isolement. Enfin, j'expliquai la fragile tentative pour retrouver une existence normale qui m'avait conduite dans son pays.

— Elle est toujours présente, achevai-je dans un souffle. Comme un membre fantôme, qui te lancine alors qu'il n'existe plus… J'ai été amputée de ma fille, Amara, sauf qu'il n'y a pas de prothèse pour remplacer un enfant. Il n'existe pas de programme de rééducation. On ne peut jamais se réadapter à l'existence…

— Les amis peuvent t'aider.

— Je n'ai plus personne autour de moi. D'abord, la douleur était telle que je n'ai rien pu gérer d'autre. Et puis, la suspicion qui pesait sur l'éducation que j'ai donnée à Manon a suffi à éloigner beaucoup de gens. Quand ce n'était pas ma complicité supposée. Tu sais, ceux qui pensent qu'il n'y a jamais de fumée sans feu… Les autres, je les ai écartés moi-même.

— Je l'ai vue de près, ton éducation, elle était parfaite.

— Peu importe. Ce qui compte, c'est le résultat. Et pas seulement pour les autres. Pour moi-même. Je m'en veux tellement.

Amara resta muette. J'interceptai le regard en coin qu'elle jeta vers le réveil.

— Tu dois y aller ?

— Je ne veux pas te laisser, répondit-elle, mais j'ai encore un peu de temps avant la conférence d'un collègue, c'est pour ça que je suis venue tôt ce matin, je voulais l'écouter.

— En tout cas, j'assisterai à la tienne.

— Tu sais, confia-t-elle avec délicatesse, je suis tellement touchée… et honorée de ta confiance, aussi. Je voudrais te montrer qu'on peut t'aider, que je peux t'aider.

J'acquiesçai, tout en sachant que c'était hors de ses moyens.

— Fais la meilleure intervention possible, répliquai-je. Montre-moi à quel point l'élève a dépassé le maître… d'accord ?

À cet instant on toqua à la porte et Amara se leva pour aller ouvrir. Le médecin alerté par l'hôtel entra dans la chambre, muni d'un électrocardiographe portable.

Amara s'adressa à lui en turc et il ne put réprimer un sourire.

— Que lui as-tu dit ?

— De te montrer l'ECG quand il aura fini, car il n'y a pas beaucoup de personnes au monde aussi calées que toi pour l'interpréter.

La conférence d'Amara fut brillante et je pus mesurer la réussite de mon ancienne élève aux personnalités que j'identifiai dans l'assemblée. Les plus grands spécialistes mondiaux l'écoutèrent avec attention pendant près de deux heures et leurs applaudissements ne furent pas feints. Quant aux questions qui suivirent, elles démontrèrent la pertinence des hypothèses avancées par Amara. Pour ma part, j'avais ôté mon badge et me satisfaisais de l'anonymat conféré par mon changement de coupe et de couleur. À la fin de l'intervention, je restai assise au fond de la salle et la laissai s'entretenir avec son public, jusqu'au départ du dernier interlocuteur.

— Alors ? s'enquit-elle en venant de me rejoindre. Que dit l'ECG ?

— Pas même un petit QT allongé, répondis-je. C'était un malaise vagal… rien de grave.

Amara parut sincèrement soulagée, me prit le bras et enchaîna :

— Tu sais, j'ai beaucoup repensé à notre conversation. J'ai appelé mon mari. Je ne veux pas te laisser partir comme ça. Tu viens dîner à la maison ce soir, il faut que tu le rencontres.

— Non, je ne veux pas vous déranger, je suis fatiguée… Je n'ai plus l'habitude et j'ai un rapport à pondre pour ma boîte.

— Hélène, je suis en voiture, je t'emmène et après le dîner je te ramène, insista-t-elle. C'est important que tu lui parles, je t'assure. Je me suis permis de lui raconter ce qui t'était arrivé. Ça pourrait t'aider à aller mieux.

— Quoi, il est psy ? tentai-je de plaisanter.

— Non, il est kurde.

Amara résidait dans le quartier d'Ortakoy, sur la rive européenne du Bosphore. Nous nous installâmes sur la terrasse de son appartement en attendant son mari. Sous mes yeux, deux continents se faisaient face dans le jour déclinant. Les silhouettes des immeubles de la rive anatolienne s'estompaient peu à peu, cédant la place à un patchwork de rectangles lumineux que soulignait, en contrebas, le scintillement de la circulation sur les berges. Amara, que je savais pourtant amatrice de vin, nous avait apporté deux Coca et je lui étais reconnaissante de sa délicatesse. Nous évoquâmes certains des aspects de sa conférence sur lesquels j'étais heureuse de pouvoir revenir et je lui promis de réserver une place à ses recherches dans le rapport que je présenterais à mon employeur. Quand, à la nuit tombée, la structure d'un immense pont suspendu s'éclaira, formant un trait d'union d'un bleu électrique entre l'Europe et l'Asie, Amara commenta :

— Welat ne va pas tarder. En cette saison, il est pratiquement synchronisé avec le pont.

Pour lui donner raison, quelques minutes plus tard j'entendis une clé tourner dans la serrure, puis une porte claquer. Welat apparut, filiforme et brun, à l'énergie joviale, communicative, les bras chargés de sachets en papier qui laissaient échapper une odeur délicieuse d'épices.

— Bonjour Hélène, c'est incroyable de vous voir, dit-il en me serrant chaleureusement la main. Amara m'a tellement parlé de vous. Bienvenue dans notre maison. Je suis très mauvais cuisinier, alors j'ai préféré avoir recours aux talents d'un autre.

— Je vais chercher les couverts, fit Amara, nous laissant seuls.

Pendant le repas, Welat anima la conversation avec entrain et humour, démontrant à plusieurs reprises une connaissance approfondie de l'Europe et de la France. Je sentais qu'avec le concours d'Amara ils faisaient de leur mieux pour m'offrir un moment convivial, mais un non-dit planait dans notre conversation et je me demandais à quel moment nous allions le lever.

— Dites-moi, Welat, vous ne parlez pas du tout de vous, que faites-vous dans la vie ? lançai-je.

— Je suis journaliste. (Puis, après un temps) Autrefois dans la presse d'opposition, mais elle n'existe quasiment plus. Alors pour passer inaperçu, je me suis reconverti dans le journalisme sportif… Vous aurez les Jeux olympiques à Paris l'année prochaine, j'espère être amené à couvrir l'événement pour le compte de mon journal. J'aimerais qu'on puisse venir ensemble, dit-il, en serrant amoureusement la main de sa femme. Ce serait l'occasion d'y retourner pour Amara, qui m'a tellement dit qu'elle gardait un souvenir incroyable de cette période… et de ce que vous aviez fait pour elle.

— Ce que l'on fait pour Amara est ce qu'Amara vous inspire, répliquai-je, elle rayonne tellement. Mais vous le savez.

Welat acquiesça avec vigueur, puis, subitement, son visage perdit toute jovialité.

— On est mieux ici pour avoir une conversation sérieuse qu'à votre hôtel, où tout le monde espionne tout le monde. Il y a un certain nombre de personnes accréditées dans votre congrès qui ne sauraient même pas dire de quel côté se situe leur foie. Ce sont des agents du gouvernement qui écoutent toutes les conversations… Il n'est pas facile d'être kurde en Turquie, comme vous le savez sans doute, et si on est suspecté d'avoir des liens avec le PKK, on va au-devant de graves problèmes.

— Ça représente quelle part de la population ? demandai-je.

— Vingt-cinq pour cent. Vingt millions de Turcs sont d'origine kurde et on nous traite comme si nous étions tous des terroristes. Dans ma famille on a été obligés de prendre un nom turc, c'est une loi de 1934. Heureusement, mon grand-père n'a pas choisi un nom qui faisait trop kurde, sinon ça aurait empêché

Amara de progresser dans son métier, on ne lui aurait jamais confié la direction d'un service…

— Ce n'est pas grave, j'aurais divorcé, mon amour.

— Vous voyez ? C'est ce que je vous disais, aucune considération pour mon peuple, commenta-t-il avec un sourire. Notre territoire historique est à cheval entre la Turquie, la Syrie, l'Irak et l'Iran. Et depuis un siècle nous luttons pour notre autodétermination.

— En Irak, vous l'avez ?

— De rude lutte… Et en Syrie nous l'imposons à Bachar. Il n'a pas d'autre choix. On lui a sauvé la peau en luttant contre l'État islamique et on a des armes, des soldats. Une administration. Un jour, une nation. Le Rojava.

— Tu savais que Bachar était un confrère ? intervint Amar. Il était ophtalmo à Londres quand il lui a fallu prendre la succession de son père… Ensuite, il n'a pas mis longtemps pour troquer la blouse blanche contre l'uniforme de dictateur.

Welat avait profité de la digression pour se lever. Il reprit la parole en marchant de long en large.

— Les Turcs nous ont tolérés pendant la guerre contre Daech. Mais maintenant, on leur fait peur. Après que Trump, d'un tweet, a ordonné le retrait de l'armée américaine, ils se sont sentis les mains libres. Ils ont envahi le nord de la Syrie pour créer une zone tampon. Sur deux cents kilomètres de long, ils nous ont pilonnés, repoussés. À la frontière, ils ont repris des villes kurdes, mais dans le Rojava on tient le choc.

On continue de recevoir un soutien des Occidentaux parce que le sous-sol est pétrolifère et parce qu'on administre les camps de réfugiés, ainsi que les prisons où sont enfermés les islamistes, ce qui arrange tout le monde. Je suis originaire de cette partie de la Syrie, et j'ai beaucoup de famille là-bas… (Il se rassit subitement et me prit les mains.) Que savez-vous exactement des conditions du décès de votre fille ?

Des milliers de fois je m'étais demandé si Manon avait souffert. Comment s'étaient passés ses derniers instants. Entend-on arriver le missile qui percute votre maison ? Avait-elle péri ensevelie sous les décombres, ou brûlée, ou écrasée par le souffle de l'explosion ? S'était-elle rendu compte qu'ils allaient tous mourir en compagnie de son mari ? Et les enfants ? Il y avait des enfants parmi les victimes.

— Très peu de choses, finis-je par répondre. On m'a dit qu'ils avaient relevé vingt corps et qu'ils savaient qu'il y avait une Française parmi eux, c'est tout.

— Hélène, fit Welat, ma tante occupe de hautes fonctions dans l'administration du territoire autonome du Rojava… Elle dirige les services de renseignement et est en contact avec ses homologues du Kurdistan irakien… Au moment de la prise de Mossoul, ce sont des Kurdes qui se battaient aux côtés de l'armée irakienne. Si des forces spéciales sont allées sur place et ont identifié Zaouche, quelqu'un parmi eux en sait forcément plus. Il y a des archives…

J'acquiesçai. Obtenir des réponses à mes questions. Et quitter l'inconnu angoissant pour se rattacher au réel triste. Un moyen d'aller de l'avant. Au moins cela.

— Oui, répondis-je. Je crois que si je savais exactement ce qui s'est passé, je me construirais une image... ça m'aiderait.

— Ça va prendre du temps mais je vous promets une réponse. Vous avez un compte Telegram ?

— Non, mais je connais.

— Vous allez en ouvrir un et on vous contactera par ce biais. D'accord ?

J'opinai de la tête à plusieurs reprises.

— Je ne sais pas comment vous remercier...

— Tu l'as déjà fait, dit Amara en me serrant entre ses bras. En m'aidant à devenir qui je suis.

Je ne pus retenir mes larmes. Cette formule filiale restaurait un chemin d'émotions que les médicaments avaient tenues éloignées de moi. En étreignant Amara, j'enlaçais Manon. Je me ressourçais à sa chaleur bienfaisante et à une douceur de substitution. Amara respirait contre moi, vivait contre moi. Nous partagions une existence, mais bientôt les pleurs se firent amers, car on ne m'offrait plus de retrouver ma fille, seulement d'obtenir des renseignements sur sa dépouille.

De retour en France, je guettai mes messages sur Telegram, vérifiant régulièrement la configuration des alertes et des notifications, mais rien n'arrivait. Je me retenais de relancer Amara et finis par m'habituer à l'idée qu'aucune information ne me parviendrait. L'approche des élections européennes, dont la victoire semblait promise au Rassemblement national, l'enlisement de la guerre en Ukraine, la destruction de la bande de Gaza et l'extension de la guerre au Liban : je ne voyais pas comment une lumière pouvait jaillir de cet obscur amalgame. À quelques jours de l'ouverture des Jeux olympiques, en l'absence de toute nouvelle de Welat et d'Amara, je me rendis à la raison et cessai d'espérer de ce côté-là. J'espaçais les consultations de mon smartphone, je me protégeais en acceptant de nouvelles propositions de BioLink Therapeutics, ravi des conclusions de l'expérience d'Istanbul. Ainsi, coup sur coup, je me rendis à Milan puis à Madrid. On commença à me reconnaître. Je saluais mes anciens confrères, me présentais aux nouveaux et inventais de fallacieuses explications pour justifier mon absence des circuits. Je travaillais d'arrache-pied pour me tenir à jour de l'évolution des recherches et, progressivement, je réintégrais une communauté qui avait tant compté pour moi, pendant de si nombreuses années. Au point que j'en avais fini par négliger Manon et que, sans avoir rien vu venir, j'avais précipité sa perte. Désormais, chaque congrès me le rappelait. Je vivais avec des remords à défaut d'un rachat.

En septembre 2024, je n'avais toujours pas concrétisé mon installation en province mais je pris la décision de vendre mon appartement, quoi qu'il arrive. Ici, le moindre centimètre carré tourmentait ma mémoire. Le plus difficile consista à rouvrir la porte de la chambre de Manon et à trier ses affaires. Chaque geste, chaque objet posé dans un carton griffait le passé. Certains le faisaient saigner. Des cartons étaient destinés à être donnés, d'autres à être jetés, et très peu à être conservés.

Tout bascula lorsque le mois suivant, alors que plusieurs piles de cartons fermés s'alignaient sur le seuil de la chambre de Manon, je découvris une notification de l'application Telegram sur l'écran de mon smartphone.

Il s'agissait d'une vidéo en provenance d'Istanbul. Je redoutais d'y découvrir des images insupportables. Je savais qu'en déclenchant la lecture j'allais quitter la zone d'incertitude confortable à laquelle j'avais fini par m'habituer. Je m'enfonçai dans le canapé pour la visionner : Amara et Welat s'étaient filmés, assis côte à côte, derrière leur table de salle à manger. Je fus saisie d'un inquiétant pressentiment à la découverte de cette mise en scène aux allures de tribunal. Les mots étaient-ils si difficiles à prononcer ? Welat prit la parole en premier, la voix posée, ses intonations précises, comme s'il ne voulait pas que l'émotion parasite les informations qu'il avait à transmettre : « Bonjour Hélène, tout d'abord toutes nos excuses pour avoir tant tardé, mais la situation internationale compliquée nous oblige ici à marcher sur des œufs… et comme vous avez pu vous en rendre compte, nous n'avons même pas eu l'occasion de profiter de Paris et du succès incroyable de vos Jeux olympiques… Mais enfin, nous avons des nouvelles à vous communiquer… Nous avons choisi ce format car elles sont complexes et nécessitent une explication détaillée. Tout d'abord, Berfine, ma tante, dont je vous ai parlé l'autre fois, a pris contact avec ses correspondants en Irak. Selon eux, il n'y avait aucune trace d'une Européenne parmi les corps identifiés à Mossoul, dans les décombres de l'immeuble où logeait Ayoub Zaouche. »

Alors qu'un frisson incoercible me parcourait le corps, Amara lui coupa la parole et prit le relais, exaltée : « Hélène, nous pensons que Manon ne faisait pas partie des victimes du bombardement ! Bien entendu ce n'est pas une preuve absolue, car ils n'ont pas eu les moyens de faire des examens ADN… »

Bouleversée, j'interrompis la lecture, au supplice. Il n'y avait ni preuve ni absence de preuve. Je gémis doucement. Quand cela allait-il s'arrêter ? J'attendis de recouvrer mon calme pour relancer l'enregistrement, au moment où Welat saisissait la main d'Amara pour modérer son intervention : « Nous n'avons aucune certitude, mais nous avons une piste. Ma tante a lancé de plus amples investigations et elle a trouvé la trace d'une Manon Dompierre, française, en Syrie, parmi les réfugiées admises au camp d'Al-Hol, après la chute d'al-Baghouz. En 2020, les Américains ont opéré un *screening* de tous les étrangers admis dans ce camp. On parle là de milliers de femmes et d'hommes. Ils ont centralisé les informations dans un fichier qui était destiné à la Croix-Rouge et qu'a pu consulter ma tante. Voilà. Dès que vous aurez ce message, appelez-nous en utilisant le chiffrage de bout en bout, c'est la fonction "nouvel échange secret". »

Subitement, la vie déferlait à nouveau, elle grondait en moi, m'ébranlait, elle renversait la douleur et les épreuves de ces dernières années. Je perdis l'esprit, je pleurais et riais en même temps, recroquevillée sur le canapé. Puis, après un certain temps, je tentai avec mes mains tremblantes de cocher la fonction en question. Je finis par y parvenir, me redressai et composai le numéro de Welat qui décrocha presque aussitôt.

— Hélène ?

— Oui, c'est moi, je suis... Enfin je viens de regarder votre message... j'ai du mal à parler, balbutiai-je. Pardon, mais je n'y croyais plus… alors je ne regardais pas mon téléphone… J'ai vu que ça datait de ce matin.

— Ce n'est pas un problème, Hélène. Je comprends que vous soyez bouleversée, nous le sommes aussi. Mais avant de continuer, écoutez-moi bien. Je vous répète que nous n'avons aucune certitude. Cette guerre est un bordel indescriptible.

— C'est quoi ce camp d'Al-Hol ? demandai-je.

— Un camp de réfugiés situé dans le nord-est de la Syrie. À la base il était destiné aux victimes de la guerre civile qui avaient tout perdu, mais depuis la défaite de Daech, c'est devenu une immense gare de triage. La population y a été multipliée par cent. Le camp s'étend sur des kilomètres, des milliers de tentes délabrées où vivent des familles, des femmes seules, et aussi pas mal d'anciens de Daech qui s'y cachent en se faisant passer pour des réfugiés.

— Et Manon serait là-bas, depuis quatre ans ? demandai-je en essayant de contenir mon émotion.

— Elle y était en tout cas en 2020.

— Alors, elle est en vie.

Welat et Amara hésitèrent, et je les précédai :

— Elle l'était en tout cas en 2020.

— Les conditions de vie sont extrêmement précaires, l'accès à l'eau est difficile et la nourriture est insuffisante, reprit-il.

— Welat ! À quoi ça sert de lui dire ça ? s'emporta Amara. C'est une bonne nouvelle. Manon n'a pas été tuée à Mossoul, Hélène ! On a retrouvé sa trace.

J'acquiesçai à plusieurs reprises.

— Oui, c'est une bonne nouvelle, concéda Welat.

Je fermai les yeux et inspirai profondément. Ma fille était de retour d'entre les morts. Je devais aller la chercher.

— Je vais aller là-bas !

— Je vous le déconseille, Hélène, c'est très dangereux, répliqua Welat. Les Turcs bombardent et il y a encore des cellules actives de Daech dans la région. Ce n'est pas parce que les Occidentaux ont décrété que le califat était vaincu qu'il n'y a pas encore des combats, presque tous les jours. Et vous ne savez rien de votre fille, de ce qu'elle est devenue. Vous ignorez si elle ne s'est pas radicalisée au dernier degré. Elle a passé longtemps dans cet enfer, certaines femmes de ce camp sont plus acharnées que les pires djihadistes…

En tentant de me dissuader il ne fit que me convaincre de la nécessité d'agir sans délai.

— Vous avez parlé de la Croix-Rouge, l'interrompis-je. Je me ferai accréditer, j'irai. Si j'y vais en tant que médecin, vous pourrez faciliter ça, avec l'appui de votre tante ?

Welat, silencieux, soumis au regard insistant d'Amara, finit par consentir, d'un discret signe de tête, acceptant une issue qu'il avait sans doute sue inéluctable depuis le début. Mais au moins, il s'était exprimé en conscience.

— Et je ramènerai ma fille, ajoutai-je.

— Cela va de soi, aquiesça Amara.

Après avoir raccroché, je retournai dans la chambre de Manon et déballai systématiquement chaque carton. Je remis chaque livre, chaque vêtement, chaque bibelot à sa place. J'étais fébrile, je me parlais à moi-même, mais je m'adressais à Manon, comme si elle était déjà revenue. Je lui mentais sur la réalité de ce qu'avait été ma souffrance. Je ne lui voulais que du bien. J'offrais compensation. Je lui fis le serment d'être à ses côtés pour toujours, de ne jamais plus cesser de l'accompagner. Je me lançai éperdument dans le rétablissement de l'ordre ancien, y parvenant en quelques heures alors qu'il m'avait fallu des jours pour mener à terme l'épuisant protocole d'oubli. Après avoir exhumé chaque preuve d'existence de ma fille et ressuscité sa mémoire, je passai l'aspirateur, nettoyai les vitres et choisis une nouvelle parure de lit.

Le lendemain, je me rendis dans le service et attendis dans le salon d'accueil que Jean-François Sedel ait fini sa visite. Lorsqu'il fut prévenu de ma présence, il vint à ma rencontre avec un grand sourire.

— Hélène, vous avez meilleure mine que la dernière fois. J'ai appris que vous vous remettiez à fréquenter notre congrégation. Vous êtes enfin décidée à reprendre votre place ? Je ne pense pas que votre remise à niveau demande tant de travail…

Je le laissai s'épuiser en mots, le fixant d'un regard résolu.

— Non, c'est autre chose, n'est-ce pas ? comprit-il.

— J'ai besoin d'un contact, répondis-je.

Il écarta les bras dans un geste d'impuissance.

— Mon frère ne vous sera plus d'une grande utilité… Pour peu qu'il l'ait été, ajouta-t-il avec amertume.

— Pas lui. Ziad Barbelli, vous connaissez ? C'est un des pontes de la Croix-Rouge internationale.

Je l'ai rencontré à Idlib, mais j'ai besoin qu'on m'appuie auprès de lui. Il faut que je puisse retourner en Syrie.

— Je ne comprends rien, Hélène. Je croyais que vous étiez sortie de tout ça…

— Ma fille n'est pas morte. Je viens de l'apprendre.

Sedel, interloqué, me scruta longuement, comme s'il cherchait à estimer ma santé mentale, puis :

— Je connais Edward Ridge, à Genève, je vais l'appeler.

Ce que je lus sur Al-Hol m'incita à ne pas perdre une journée. Le camp avait poussé au milieu d'une plaine désertique, un agglomérat hétéroclite de tentes, ceinturé par des barbelés. À l'origine, il avait été prévu pour accueillir deux mille réfugiés, mais après la chute d'al-Baghouz des milliers de familles qui prétendaient n'avoir jamais rien eu à voir avec l'État islamique avaient afflué. Aujourd'hui, plus de soixante-dix mille personnes y demeuraient. Au fil des mois, le camp avait enflé de manière anarchique le long d'une route oubliée de tous, sauf du soleil. Il était placé sous le contrôle de l'administration kurde, comme les autres camps de rétention du Nord-Est syrien, mais il était de loin le plus dangereux. La surpopulation était responsable de pénuries alimentaires dramatiques, faisait le lit de la dysenterie et de la typhoïde. La Covid-19 y avait décimé des centaines de femmes et d'enfants malnutris, affaiblis. Le froid tuait l'hiver, la chaleur tuait l'été. Pour autant, la principale cause de mortalité restait le meurtre, car si les Kurdes surveillaient les alentours et régissaient les entrées et les sorties, les islamistes régnaient secrètement à l'intérieur. Les femmes proposaient des faveurs sexuelles aux gardes pour obtenir un téléphone portable, les hommes les soudoyaient pour un uniforme qui permettait de sortir du camp. Des tunnels et des fusils avaient été découverts lors de fouilles. Je tremblai à la lecture d'un article du *Washington Post*, me demandant comment Manon avait pu survivre dans ce pandémonium, mais m'interrogeant aussi sur la façon dont elle s'y était retrouvée. À l'évidence, un miracle lui avait permis d'échapper à la frappe du missile américain à Mossoul. Puis elle était retournée en Syrie. L'avait-elle fait de son plein gré ou avait-elle été forcée ? Me revinrent en mémoire les propos d'une des femmes du centre de rétention turc de Reyhanli : « Une fois que tu es en Syrie, ma sœur, tu passes en mode afghan. Tu n'as plus voix au chapitre. Et n'oublie pas que pour t'y rendre, l'aller est pris en charge, mais jamais le retour. » Y avait-il cependant, dans la fable djihadiste, un sort réservé à une femme dont le mari avait péri en martyr sous les coups des Occidentaux ? Manon avait-elle bénéficié d'une forme de soutien de ceux que je considérais comme ses tortionnaires ? Cela se poursuivait-il au sein du camp d'Al-Hol ? Je le redoutais, mais j'y voyais aussi le gage de la préservation de sa sécurité à l'intérieur de l'enceinte.

Jean-François Sedel me rappela une semaine plus tard.

— J'ai eu Barbelli, m'annonça-t-il. Il se souvient très bien de votre visite au Carlton à l'époque. Il m'a dit que vous étiez une tête brûlée et que ce camp d'Al-Hol était un des endroits les moins fréquentables de la planète.

— Et que lui avez-vous répondu ?

— Qu'il ne se trompait pas sur votre compte. Et que c'était une excellente raison pour vous y envoyer.

— Vous n'avez pas évoqué la présence de ma fille ?

— Bien sûr que non, je lui ai parlé de votre travail exceptionnel dans les services de réanimation pendant la Covid. Dans les camps de réfugiés syriens, l'épidémie reste hors de contrôle. Ils ont besoin de gens comme vous. Vous vous y rendrez sous la bannière du Croissant-Rouge. Mais si vous comptez sortir du cadre de la stricte action humanitaire, il vous faudra des appuis auprès des Kurdes. Ce sont eux qui font la pluie et le beau temps là-bas.

— Je sais, j'en fais mon affaire.

Après avoir raccroché avec Sedel, je réalisais que Manon, disparue à dix-huit ans, en aurait bientôt vingt-sept. L'adulte que j'allais retrouver n'avait sans doute plus rien à voir avec la jeune femme qui m'avait quittée, mais j'étais prête à donner ma vie pour qu'elle ne passe pas une année de plus là-bas.

J'envoyais un message à Amara et à Welat sous la forme d'un enregistrement vidéo. Je les prévenais que j'entreprenais des démarches pour me rendre dans le Nord-Est syrien via le Croissant-Rouge. J'imaginais que cela prendrait quelques semaines, car il fallait que j'intègre une mission planifiée par les ONG qui œuvraient sur place. Je leur demandais en outre comment contacter Berfine lorsque je serais sur la zone et si, d'ici là, il y avait un moyen de pouvoir faire passer un message à Manon.

Welat me répondit que Berfine serait avertie à la seconde où je franchirais la frontière du Rojava. C'était son métier. Concernant Manon, il était certainement aussi dangereux pour elle que pour moi de la prévenir de mon arrivée. Je restais dubitative. Je saisissais le danger que représentait l'influence de Daech au sein même du camp, mais je devinais, en filigrane, un argument que j'avais jusqu'alors systématiquement écarté. Qu'est-ce qui me permettait d'affirmer qu'elle m'accueillerait avec tendresse et que nous pourrions nous retrouver comme si les neuf années qu'elle venait de vivre s'effaçaient par ma seule présence ? Qu'est-ce qui me permettait d'assurer que Manon souhaiterait revenir en France ? Sa survie n'indiquait-elle pas qu'elle s'était adaptée à ce système féodal et dévot ? Se manifesterait-elle en thuriféraire exaltée qui verrait en moi davantage une adversaire qu'une mère ? La savoir morte avait achevé de me convaincre de son statut de victime. Maintenant que je la savais vivante, cette perception était-elle toujours juste ?

QUATRIÈME PARTIE

Au mois de novembre 2024, Donald Trump remporta l'élection présidentielle aux États-Unis pour la deuxième fois, promettant de rétablir la paix en Ukraine en vingt-quatre heures et de faire pleuvoir un déluge de feu sur le Hamas. Je déployais toute mon énergie en prévision de mon départ pour la Syrie et me rendis chez le coiffeur, munie d'une photo prise lors de mon séjour à New York en 2015, pour lui réclamer de rétablir ma couleur auburn et de restaurer la frange qu'avait connue Manon. Auparavant j'étais passée chez la manucure, puis je m'étais acheté des vêtements adaptés aux conditions de mon séjour, choisis pour être seyants. Je voulais faire coïncider l'image que j'allais renvoyer à Manon avec celle d'une femme séduisante, forte et rassurante, afin qu'elle ne devine jamais l'état de déchéance qui avait été le mien. Le 30 novembre, alors que j'étais en train de boucler ma valise, je reçus un appel via Telegram. Il s'agissait de Welat qui, j'imaginais, souhaitait me communiquer des consignes de dernière minute.

— Bonjour Hélène, il y a un gros problème, me dit-il d'emblée. Vous avez vu les informations ce matin ? Des rebelles syriens menés par HTC ont pris Alep.

— HTC ? répétai-je tout en fouillant dans ma mémoire.

— Hayat Tahrir al-Cham… l'Organisation de libération du Levant… des islamistes basés à Idlib. Il y a tout le temps des escarmouches entre eux et le pouvoir central, mais là, ils se sont structurés, organisés, et Alep est tombée en deux jours… Vous vous rendez compte ? C'est la deuxième plus grande ville du pays… Il y a eu très peu de résistance de l'armée loyaliste, les Russes ont envoyé quelques avions pour bombarder mais ils n'ont quasiment plus rien ici, et ça n'a pas suffi à arrêter les rebelles. Maintenant, Al-Joulani annonce qu'ils vont marcher sur Damas !

Je me souvins que la femme dans le bus à Reyhanli avait mentionné ce nom, celui d'un des chefs de guerre de la poche d'Idlib.

— Très bien, dis-je.

— Comment ça, très bien ? Mais pas du tout. Le pays va de nouveau être à feu et à sang, vous connaissez Bachar, vous savez comment il est capable de réagir, ça va être un massacre. Il est hors de question que vous veniez maintenant, il faut tout annuler !

— Damas, Alep, c'est à mille kilomètres du camp, répondis-je… C'est votre tante qui vous a dit que je ne devais pas venir ?

— Non, ma tante a d'autres préoccupations. Si le régime de Damas tombe, les Turcs ne resteront pas les bras croisés, et les Kurdes ont peur d'en faire les frais. Nous pensons que vous prenez un risque inconsidéré.

— Nous, c'est qui ?

— Amara et moi. Personne ne s'attendait à ce qui se passe, mais ça peut très mal tourner.

Je fis comme si je n'avais pas entendu la dernière partie de sa phrase.

— S'il n'y a pas de veto de votre tante, je prends l'avion pour Doha comme prévu.

Après une escale au Qatar, mon avion se posa en fin de journée le 5 décembre 2024 à Erbil, capitale du gouvernement régional du Kurdistan en Irak. L'aérogare ultramoderne me parut surdimensionnée au regard des destinations listées sur les écrans numériques : Le Caire, Istanbul et Bagdad.

— Montre-moi ton aéroport, je te dirai qui tu es…

La voix me fit me retourner et je me retrouvai face à un petit homme chauve dont l'épaisse moustache semblait avoir pour fonction de compenser la calvitie. Il brandit une tablette numérique sur laquelle s'affichait mon nom.

— C'est bien vous, n'est-ce pas ?

J'étais la seule femme européenne dans les environs.

— Il y a beaucoup d'argent ici et la région aime montrer sa richesse, acheva-t-il, avant de me tendre la main. Enchanté et bienvenue, docteur Dompierre ! Je suis Mohamed Abdil Kadimi, le secrétaire du Croissant-Rouge irakien à Erbil.

J'avais perdu l'habitude qu'on m'appelle par mon titre, mais je le saluai cordialement et lui emboîtai le pas tandis qu'il se dirigeait vers le parking extérieur où, sous un ciel d'un bleu intense et transparent, stationnaient plusieurs berlines luxueuses, non loin d'un groupe de véhicules blindés de l'armée américaine.

— Ils doivent attendre quelqu'un, maugréa-t-il en regardant en l'air, ils ne restent jamais longtemps sur le parking. L'année dernière, au même endroit, ils se sont pris un missile lâché depuis un drone.

— Daech ? m'étonnai-je.

— Non, une milice locale… « Le Sang de Dieu » ou quelque chose comme ça. Un faux nez des Iraniens, dit-il en m'indiquant de prendre place dans une voiture japonaise récente et confortable. S'il vous plaît… Vous savez, dans cette partie du monde, quand on règle un problème, c'est que dix autres vont surgir. Remarquez, vous aussi, en France, vous les accumulez depuis la décision de votre président de dissoudre l'Assemblée. Vous êtes au courant que votre Premier ministre vient d'être censuré ?

J'acquiesçai en souriant :

— J'ai regardé les informations pendant le vol.

— J'ai rencontré Michel Barnier, une fois, quand il était commissaire européen. C'était un homme investi dans ses dossiers, plus sensible qu'il veut bien le montrer. Il a dû le prendre très personnellement…

Mohamed Abdil Kadimi était un homme affable, qui se définissait lui-même comme un politique plus qu'un médecin. Il n'avait pas écouté un poumon depuis les années quatre-vingt-dix. La première guerre du Golfe l'avait conduit à s'engager au service des populations et, de conflit en conflit, il avait gravi les échelons de l'organisation humanitaire.

— Je vous remercie de votre investissement auprès du peuple syrien, dit-il en démarrant, mais je dois vous dire que vous allez découvrir une situation sanitaire difficile. Il y a parmi vos collègues un médecin dont c'est le deuxième tour à Al-Hol, il vous en parlera mieux que moi.

— Et vous pensez que ce qui se passe en ce moment dans l'Ouest peut affecter notre mission ?

— Les rebelles sont parvenus dans la ville de Hama… Ça veut dire qu'ils sont à moins de deux cents kilomètres de Damas… Le rythme de l'effondrement des positions du régime est très spectaculaire. Personne ne peut dire si ça va réussir ou pas… mais là où vous allez, ça reste peu concerné pour l'instant, même si, je ne vous le cache pas, tout le monde est tendu…

Le long de notre trajet, des grues de construction érigées au bord d'un lac artificiel, tels de gigantesques roseaux métalliques, ombraient les façades inachevées d'immeubles en verre.

— Erbil est une des rares villes du monde à avoir été habitée sans interruption depuis sa création. La citadelle date de deux mille ans avant Jésus-Christ. Mais, comme vous pouvez le constater, les gisements de pétrole ont eu beaucoup d'influence sur l'architecture locale. Les villas de ce quartier ne vont pas se vendre à moins d'un million de dollars...

— Et qui peut acheter ça ?

— Les Kurdes ne sont pas tous errants et affamés... La ville est riche à cause du pétrole, même si l'administration se chicane avec le pouvoir central au sujet du partage de la manne. Ça fait quinze ans que le Kurdistan irakien a acquis son autonomie politique, mais la victoire sur Daech a renforcé sa légitimité vis-à-vis de Bagdad... Par contre, ne vous attendez pas à trouver la même opulence au Rojava.

— Pourquoi on ne dit pas le Kurdistan syrien ?

— Parce qu'il ne l'est pas encore. Bachar n'est pas près d'accorder l'autonomie régionale à ce territoire... Mais le Bachar d'aujourd'hui, qui sait ce que vaudront ses décisions ? Est-ce qu'il va réussir à mater cette rébellion, comme il l'a fait avec les autres ? Je vais vous dire, quel que soit le régime en place en Syrie, les Turcs ne laisseront jamais s'établir un Kurdistan puissant à leurs frontières...

— Une nation, mais pas d'État.

Abdil Kadimi hocha la tête.

— Si Dieu le veut, un jour ils seront reconnus par la communauté internationale. En Kurde, Rojava c'est : « Là où le ciel s'embrase. » Pour nous ils sont à l'ouest.

Le soir, je fis la connaissance des consœurs et confrères qui composaient notre équipe : une ophtalmologue irakienne, un rhumatologue espagnol, un dentiste hongrois et une infirmière bulgare, chacun encapsulé, avec ses propres raisons, dans cette mission pilotée par le Croissant-Rouge et programmée pour durer quinze jours. Deux semaines pour trouver Manon au milieu de soixante-dix mille réfugiés. Je ne savais pas comment j'allais m'y prendre, mais j'avais cette certitude maternelle de la reconnaître au milieu des autres, quel que soit leur nombre, quel que soit le lieu.

Adrian, le rhumatologue espagnol, en était à son deuxième tour à Al-Hol et il partagea avec nous le récit terrifiant de son expérience. La sécurité, à l'intérieur du camp, était assurée par les YPJ, les Unités de protection de la femme. Ces forces armées féminines kurdes étaient des combattantes redoutables que les hommes de Daech craignaient plus encore que leurs homologues masculins. Les islamistes étaient persuadés que s'ils étaient tués par une femme, ils ne pourraient pas gagner le paradis. Les YPJ faisaient régner l'ordre dans le chaudron interconfessionnel et international du camp, mais elles étaient en nombre insuffisant face à une population sans cesse croissante, ébranlée par les épidémies et l'état de quasi-famine. L'extérieur était gardé par les Assayech, les forces de sécurité et de police membres du YPG, les Unités de protection du peuple, exclusivement masculines.

— En théorie, les hommes n'entrent pas dans le camp, mais des ouvriers de maintenance, des plombiers, des terrassiers, des conducteurs de camions de ravitaillement vont et viennent constamment… Après ces années de guerre, le sentiment que les réfugiées ne valent pas plus que des esclaves est très répandu. De plus, parmi les soldats kurdes, il y en a qui n'ont pas les moyens de se marier… Les pathologies liées aux viols sont très fréquentes dans le camp et vous en rencontrerez. N'oubliez pas que la plupart des femmes ne veulent pas consulter des médecins hommes, dit-il en se tournant vers Hristina, l'infirmière, et moi. Vous aurez aussi certainement à suivre des grossesses et à pratiquer des accouchements. Vous en avez eu l'occasion ?

L'infirmière, acquiesça, tandis que je bredouillais :

— Je suis cardiologue, ce n'était pas ma spécialité.

— La plupart ont déjà eu quatre ou cinq enfants, poursuivit-il. À vrai dire, elles accouchent sans difficulté.

— Elles gardent les enfants des viols ? demanda Hristina.

Adrian haussa les épaules.

— Il y a des mères qui incitent leurs filles, dès treize ans, à coucher avec les hommes de Daech, pour faire de futurs lionceaux du califat. Officiellement, l'organisation islamiste n'est pas présente à Al-Hol. Les hommes qui sont ici sont supposés fuir la guerre.

Les membres de Daech ont été tués ou jetés en prison. Mais dans les faits, ils se dissimulent à l'intérieur du camp et tirent les ficelles dans le dos des YPJ.

— Quoi d'autre ? demanda l'infirmière, qui semblait effrayée.

— La Covid. Le vaccin n'est pas entré dans ces camps.

J'essayai de réprimer mon inquiétude ; Manon vivait ici depuis deux ans.

Plus tard, dans la soirée, Abdil Kadimi nous communiqua notre feuille de route. Nous allions emporter un stock conséquent de médicaments, réparti en deux camions. Nous ferions route vers Kameshli où se situait le siège de l'AANES, l'administration du Rojava autonome. Nous en avions pour six heures de route, sans compter le passage de la frontière avec la Syrie dont la rapidité de franchissement dépendait du bon vouloir et du niveau d'alerte des gardes en poste. Nous partirions quelques heures avant le début du jour, escortés par un peloton de peshmergas.

Notre départ fut reporté deux jours de suite, sans que personne nous donne d'explication, mais il ne faisait pas de doute que ce délai était lié à ce qui se passait en Syrie, où la rébellion avait franchi une étape en atteignant la ville de Homs. Il semblait que le mouvement HTC ne rencontrait quasiment plus de résistance et pourtant le ministre de la Défense syrien était apparu à la télé pour commenter ce qu'il qualifiait de simple repli stratégique. Les Kurdes, très inquiets, dénonçaient une offensive de milices à la solde des Turcs et une campagne de bombardements sur le Rojava. Nous n'avions plus aucune nouvelle d'Abdil Kadimi et, sans le formuler, je pense que nous redoutions que ne survienne un ordre d'annulation du Croissant-Rouge. Quant à moi, maintenant que j'étais là, chaque heure, chaque jour de retard me faisait redouter le pire. Manon survivait depuis tant d'années dans ce camp, et pourtant une superstition funeste me faisait redouter que ma présence, à seulement quelques heures de route, ne puisse provoquer un drame.

Finalement, au matin du 8 décembre, un colonel des peshmergas nous donna le feu vert et notre convoi s'ébranla en direction de la Syrie, escorté par des soldats puissamment armés. L'autorité des peshmergas s'éteignant en territoire syrien, ils cédèrent leurs places aux Kurdes des Forces démocratiques syriennes lors du franchissement de la démarcation entre les deux pays. Quant aux gardes qui officiaient à la frontière, ils avaient visiblement envie de retourner le plus rapidement possible à leur sieste. Ils contrôlèrent rapidement nos identités, et pendant qu'ils introduisaient nos passeports dans leur système numérique, je me demandai s'il s'agissait du moment où l'information de ma présence au Rojava était transmise à la tante de Welat. Puis, après une succincte vérification de notre cargaison, nous fûmes autorisés à reprendre la route.

L'aube s'épanouissait, accentuant la couleur des terres rouges qui s'étendaient aussi loin que portait mon regard. Au Rojava, les bombardements avaient détruit les infrastructures d'irrigation et le manque de pluie provoquait une sécheresse endémique. Les rectangles roussis des parcelles agricoles apparaissaient dans le jour naissant comme les pièces d'une marqueterie géante piquée de larges cercles sombres. Une voix en kurde retentit dans la radio du camion ; le soldat hocha la tête, ralentit l'allure et tourna le volant, le camion mordit sur le bas-côté et nous contournâmes le cratère d'obus qui avait effacé la piste. Je compris que les taches sombres qui parsemaient les champs étaient des points d'impact. Ici, tour à tour ou en même temps, pendant treize années, l'État islamique, les Kurdes, les Russes, les Turcs, les troupes restées loyales à Bachar el-Assad et les pays de la coalition internationale avaient déversé une semence d'acier.

Tout au long du chemin, je me dis que nous parcourions la route empruntée par Manon lors de son retour d'Irak. Pendant mon séjour à Idlib, quand j'avais appris que ma fille se trouvait pour ainsi dire hors de ma portée, j'avais été terrassée par l'impuissance, mais à présent, chaque tour de roue me rapprochait d'elle en ces terres disputées de l'Est syrien et un véritable sentiment de jubilation gommait la fatigue et l'appréhension.

À une heure de route de Kameshli, la tension s'accrut parmi les soldats qui nous accompagnaient. Notre chauffeur, qui parlait anglais, m'expliqua que la route numéro 6, à cet endroit, ne se situait qu'à quelques centaines de mètres au sud de la frontière avec l'ennemi turc. Depuis l'offensive de la rébellion, qu'Erdoğan soutenait en sous-main depuis des années, ce dernier se sentait pousser des ailes et les Kurdes craignaient une invasion du Rojava.

La capitale administrative n'offrait pas au regard le même contraste excessif qu'Erbil. Cette grande ville régionale ne pouvait se targuer ni de la modernité induite par les pétrodollars ni du charme des cités antiques. S'il y avait eu des richesses dans le sous-sol, elles n'avaient pas profité à la ville, mais avaient été englouties ou brûlées par la guerre. Lorsque nos camions s'immobilisèrent devant les bureaux du Croissant-Rouge, deux gardes des YPG nous attendaient et me demandèrent de bien vouloir les suivre. Ils insistèrent pour que j'emporte avec moi ma valise et mes effets personnels.

Mes collègues me dévisagèrent, inquiets, car l'apparente amabilité des deux soldats tranchait avec la présence de fusils d'assaut AK 47 portés en bandoulière. Pour la forme, je leur demandai où ils comptaient m'emmener, car je devinais que cela était lié à Berfine, qu'il me tardait de rencontrer. Comme je m'y attendais, ils ne répondirent pas et réitérèrent leur souhait de me voir monter à bord de leur jeep, tout en affichant un sourire qui se voulait rassurant. J'obtempérai en me demandant pourquoi ils avaient insisté pour que j'emporte mes effets personnels, superflus pour un simple briefing.

Deux grandes villas blanches sécurisées par de nombreux éléments des YPG abritaient le ministère des Affaires étrangères de l'AANES. Passé une chicane délimitée par des plots en béton, nous parvînmes devant une barrière qui se leva à notre approche. La direction du renseignement de l'AANES se situait au sein de la première villa et mon escorte m'y précéda, le second homme gardant ma valise avec lui.

Sur le palier du premier étage était accrochée une photo encadrée de François Hollande accueillant deux dirigeantes kurdes à l'Élysée. Je m'arrêtai pour déchiffrer la date imprimée en cartouche : février 2015.

— *Asiya Abdellah and Nassrin Abdalla*, commenta avec respect le premier garde. *And the French president… after we win in Kobané.*

— François Hollande, précisai-je, déclenchant chez mon interlocuteur une mimique studieuse, comme s'il faisait un effort pour se souvenir d'un nom compliqué.

La commandante Berfine me reçut dans son bureau où l'odeur âcre du tabac froid se mêlait à celle du café réchauffé. Cette petite femme brune, au visage anguleux, âgée d'une cinquantaine d'années, se tenait assise en uniforme des FDS, derrière une table en formica encombrée de dossiers et de feuilles imprimées, biffées et corrigées à la main. Le ronflement d'une énorme climatisation rivalisait avec la voix du présentateur de CNN qui émanait d'un gigantesque écran de télévision mural.

À mon arrivée, elle baissa le son de la télévision, se leva et s'alluma une cigarette, puis elle me tendit son paquet. Je déclinai la proposition. J'avais cessé de fumer depuis la naissance de Manon.

— Bonjour, madame Dompierre, dans ce cas je vous offre du café ?

— Avec plaisir.

Elle sembla contrariée que je ne réserve pas à sa proposition le même sort qu'à celle des cigarettes et s'empara d'une carafe en verre dans laquelle marinait un breuvage épais.

— Je vous préviens, il est dégueulasse.

Sur son bureau trônait la photo d'un homme d'une cinquantaine d'années, souriant, cheveux noirs, sourcils noirs, yeux noirs, moustache noire fournie, que je supposai être son mari.

— Veuillez vous asseoir et pardonnez-moi pour cette convocation un peu formelle.

J'obtempérai en attendant la suite. Je goûtai le café. « Dégueulasse » relevait de l'euphémisme.

— J'ai essayé d'obtenir des renseignements supplémentaires sur votre fille, en prévision de votre arrivée. J'ai donc demandé à la cheffe du camp d'Al-Hol une mise à jour du recensement des retenues francophones...

Son ton n'augurait rien de bon et je redoutais de comprendre pourquoi on m'avait fait prendre ma valise. Il était arrivé quelque chose à Manon et on me renvoyait à Paris.

— Votre fille n'est plus à Al-Hol, poursuivit Berfine. Elle a été transférée dans un autre camp, il y a quelques mois : Al-Roj. C'est là-bas que sont regroupées les femmes des combattants de l'État islamique d'origine étrangère. Il y a plus de quarante nations représentées là-bas, des Russes, des Ouïgours, des Tadjikes, des Marocaines, des Algériennes, des Indonésiennes, des Australiennes, des Américaines et de tous les pays d'Europe. Mais c'est une bonne nouvelle, car la vie est moins dure là-bas. Il n'y a que des femmes et des enfants, même si ce n'est pas une partie de plaisir. C'est à deux heures d'ici.

Je fermai les yeux de soulagement. Manon était proche et toujours en vie.

— Merci, murmurai-je. Merci...

— Cela me pose un problème, madame Dompierre. Plusieurs en fait. Toutes nos informations convergent, la rébellion est en train de gagner et le tyran Bachar n'a plus les moyens de résister. La fin d'un tyran est toujours une bonne nouvelle pour son pays, mais il y a un effet domino… Les Turcs piaffent, ils veulent mettre à profit cette situation pour nous reprendre Kobané. L'ensemble des Forces démocratiques syriennes est sur le pied de guerre. Je me trouve en sous-effectif et je ne peux pas vous fournir d'escorte.

— Je ne peux pas m'y rendre seule ?

Elle balaya ma proposition d'un revers de la main au moment où un soldat pénétrait dans le bureau. Il lui remit un rapport qu'elle parcourut rapidement, avant de lui offrir une réponse en kurde.

Elle reprit aussitôt qu'il eut quitté la pièce :

— Mon temps est compté, madame Dompierre… Sachez que j'aurais dû annuler cette mission humanitaire. Nous avons pesé le pour et le contre avec le Croissant-Rouge, mais il nous a semblé qu'en définitive, vu les circonstances, il était utile de montrer que les Kurdes gardaient le contrôle de la région, et que nous continuions à nous soucier des personnes placées sous notre garde… Mais en ce qui vous concerne, vous, c'est une grosse complication. Je fais tout ça pour Welat. Il est le fils de ma sœur, tuée avec son mari par les Turcs il y a vingt ans. Welat est un fils pour moi.

— Vous avez d'autres enfants ? demandai-je, en espérant établir une relation plus personnelle avec cette femme sévère.

— On ne se marie pas au PKK…

Je ne posai pas plus de question, scrutant de nouveau la photo de l'homme qui trônait sur son bureau.

— En outre, même si j'ai autorité sur les cheffes des camps, on va dire que mes rapports avec la personne qui dirige le cap d'Al-Roj ne sont pas des plus simples. Mais il y a eu une demande d'aide du médecin du camp pour une fillette qui présente des problèmes cardio-vasculaires… C'est votre domaine, n'est-ce pas ?

J'acquiesçai.

— Ce sera donc la raison officielle de votre venue. Charge à vous de vous débrouiller pour y rester le temps de trouver votre fille. Votre intervention ne s'effectuera pas dans le cadre du Croissant-Rouge. Cela veut dire que vous serez livrée à vous-même.

— Je comprends.

— Votre vie sera en danger. La Hisba fait la loi là-bas. Elles vous tueront si elles apprennent que vous êtes là pour leur arracher votre fille.

— La Hisba ?

— La police religieuse de Daech, où les femmes sont les plus acharnées. Elles cachent sur elles une espèce de poinçon à mâchoire et si une femme commet le moindre manquement à la charia, elles mordent. Tu portes tes sandales sans chaussettes, une morsure. Tu fumes, elles te pincent deux fois. Tu parles à un homme, trois morsures… Tu fais pire, elles te poignardent.

— Ma vie n'a aucune importance, répondis-je, en me remémorant que l'Anglaise m'avait déjà parlé de ces femmes dans le camp de rétention de Reyhanli.

Berfine me jaugea, avant de décrocher son téléphone et de donner un ordre.

— Vous devrez rester le plus discrète possible sur la véritable raison de votre voyage, reprit Berfine. La situation militaire, humanitaire et diplomatique est fragile. Les équilibres sont en train de se rompre. Je ne veux aucun clash, c'est compris ?

Elle se leva et me pria de la suivre.

— Je prends ma valise ?

— Oui. Je vais vous présenter la personne qui vous conduira à Al-Roj demain matin.

Juste avant que nous sortions de son bureau, elle saisit mon bras et le serra, dans un geste où s'équilibraient autorité et douceur.

— Les combattantes kurdes ont choisi de lutter contre l'État islamique en réponse à leur violence misogyne et à leur volonté d'imposer des valeurs contraires à la liberté des femmes. Mes sœurs meurent tous les jours pour ça. Au Rojava, on ne fait rien sans le consentement des femmes. Donc vous devrez recueillir l'accord de votre fille avant toute chose. Vous la voyez, vous parlez avec elle. Vous recréez du lien. Vous la convainquez de rentrer en France, si c'est possible. Vous lui trouvez un avocat si nécessaire. Et quand on en sera là, on avisera.

Le quartier des forces spéciales des Forces démocratiques syriennes se situait à l'ouest de la ville. Nous nous y rendîmes en quelques minutes en passant devant une église où des fidèles se rassemblaient au son du lent tintement du glas.

— Au fur et à mesure que nous avons libéré des territoires, leurs populations nous ont rejointes, commenta Berfine. On a agrégé des Arabes, des Syriens, des chrétiens, tous ceux qu'on délivrait du joug de Daech. C'est comme ça que sont nées les Forces démocratiques syriennes. Les FDS.

— Et qui les commande ? demandai-je.

— Les Kurdes, bien sûr… mais c'est de plus en plus compliqué. Au début nous étions majoritaires et peu à peu la balance s'est inversée.

Nous pénétrâmes dans le camp, hautement sécurisé, où chacun salua la commandante Berfine avec déférence. Dans la cour, une douzaine de femmes, toutes jeunes et brunes, leurs longs cheveux attachés en queue-de-cheval, s'entraînaient au combat rapproché dans des treillis chamarrés d'ocre, de kaki et de noir.

— YPJ, précisa Berfine.

J'observais leur violence, leur rapidité, avec un couteau, à mains nues. À quelques mètres en retrait, leurs fusils-mitrailleurs étaient disposés en faisceau. Elles étaient sans doute de redoutables guerrières, avec ou sans arme à feu. Puis nous nous approchâmes d'un groupe de quatre hommes, des Occidentaux, qui ne portaient aucun insigne militaire, bien que leurs tee-shirts beiges, leurs pantalons de camouflage couleur sable et les pistolets automatiques glissés dans des holsters laissent peu de doute sur leur corps d'origine.

— Monsieur Matthieu, je vous présente une compatriote, le docteur Hélène Dompierre, déclara Berfine.

Le dénommé Matthieu abandonna les documents qu'il était en train d'examiner et se tourna vers moi. Une lueur bienveillante brillait dans ses yeux bleus, ses traits se détendirent, découvrant de fines rides blanches sur sa peau tannée par le soleil, mais quand Berfine lui annonça que j'accomplissais une mission médicale à Al-Roj et qu'elle souhaitait m'intégrer à son convoi, son visage se referma.

— Vous n'avez personne pour vous en occuper ?

Berfine dodelina de la tête, tandis que Matthieu regroupait ses documents sur lesquels j'eus le temps d'apercevoir le profil de Marianne et les trois couleurs du logo de la République française.

— On est trop serrés dans le pick-up, protesta-t-il, je ne vais pas demander à un autre de mes hommes d'aller sur le plateau arrière.

— Je n'avais pas imaginé que vos collègues étaient en sucre, répliqua Berfine.

— Excusez-moi, fis-je, maladroitement. On a eu un changement de dernière minute…

— Désolé, je ne fais pas tour-opérateur, assena-t-il sèchement.

J'eus l'impression qu'il surjouait son mauvais caractère devant ses hommes.

— Risquer sa vie pour soigner des enfants, c'est ce que vous appelez du tourisme ? m'indignai-je.

Matthieu me toisa. Il désigna les trois autres, restés impassibles derrière lui.

— Tout le monde risque sa vie, ici.

À cette dernière phrase, Berfine l'apostropha en kurde. Elle s'adressa à lui avec fermeté et il répondit sur un ton vif, dans la même langue. Après quelques échanges houleux, Matthieu finit par hocher la tête, résigné. Visiblement, Berfine avait trouvé les bons arguments.

— On part à quatre heures du matin, je veux arriver avant l'aube. On se retrouvera dans la cour avec vos affaires, me dit-il, agacé.

Il récupéra ses documents et s'éloigna, suivi par les trois hommes qui emportèrent des gilets pare-balles posés au pied de l'escalier.

Berfine me tapota l'épaule. Elle avait repris le contrôle de son humeur.

— Que lui avez-vous dit ? demandai-je.

— Je lui ai rappelé qui commandait.

— C'est un militaire ?

— Il l'était encore il n'y a pas si longtemps. Il sait très bien qui donne les ordres.

Berfine me conduisit dans le quartier des YPJ. Une des rares chambres équipées d'un lit unique. Les autres constituaient des dortoirs où les femmes vivaient et dormaient par groupe de six ou huit, sous le regard omniprésent du même homme moustachu, dont j'avais aperçu le portrait sur le bureau de Berfine. Avant de me souhaiter bonne chance dans mon entreprise, Berfine tint à me rappeler qu'une fois à Al-Roj, je ne pourrais plus me prévaloir de son soutien. Je la remerciai chaleureusement et jurai de me montrer digne de son aide, puis je restai plusieurs heures allongées sur le lit, en proie à une excitation inédite. Je m'efforçai de trouver le sommeil, mais chaque tentative échouait dans un mur de lumière sur lequel se détachait la silhouette de ma fille.

La nuit était tombée lorsque retentirent, proches, de nombreuses détonations. Mon cœur s'écrasa dans ma poitrine et je me précipitai dans la cour, où les hommes du YPG et les femmes du YPJ, unis dans un mouvement festif, vidaient les chargeurs de leurs armes en visant le ciel. Certains s'étreignaient sous les balles traçantes qui dessinaient un chemin lumineux en direction des étoiles. Une exaltation sans limites semblait s'être emparée de ces militaires dont les visages m'avaient jusque-là paru fermés et peu enclins au relâchement.

— Damas est tombée.

Matthieu, assis sur les marches d'un baraquement, sirotait une bière. Apparemment dans de meilleures dispositions que l'après-midi, le visage adouci par un sourire.

— Incroyable, non ? Vous assistez en direct à la fin de treize années de guerre civile et de cinquante ans de dictature.

— Vous êtes sûr de vos infos ?

Il arbora un sourire énigmatique.

— Le Premier ministre a cédé le pouvoir au chef de la rébellion. Al-Joulani a gagné et Bachar el-Assad s'est enfui. Le bruit court qu'il aurait quitté le pays.

Je n'arrivais pas à concevoir quel avenir cela augurait pour la Syrie, mais je savais que sans la présence de cet homme, en fuite comme des années avant lui Saddam Hussein ou Mouammar Kadhafi, sans son exercice despotique du pouvoir, la Syrie n'aurait jamais été déchirée. Il n'y aurait pas eu la faille dans laquelle l'État islamique s'était insidieusement infiltré, engendrant un mal supérieur à celui qui l'avait convoqué, et Manon serait restée en France. Un sentiment de joie me gagnait, que je ne voulais pas réfréner ; j'avais l'impression de tenir ma revanche contre cet homme, comme peut-être des milliers de parents dans le monde. Même si tous ne retrouveraient pas leur enfant.

Matthieu ouvrit la glacière à ses pieds et me proposa une canette.

— Rouge ou bleue ?

Je n'avais pas touché à une goutte d'alcool depuis sept ans. La moindre rechute pouvait s'avérer catastrophique, mais mon intuition me commandait de faire le nécessaire pour amadouer mon interlocuteur.

— La différence ? demandai-je.

— La rouge est moins forte.

— Alors bleu, répondis-je avec le souci de flatter sa virilité.

Je m'emparai de la canette de cinquante centilitres et l'ouvris.

— Efes, c'est de la bière turque, dit-il. Ils se font la guerre, mais les Kurdes aiment leur bière.

Je trinquai avec Matthieu et fis semblant de boire, espérant donner le change et me débarrasser du contenu à la première occasion.

— Elle est fraîche, mentis-je.

— Les jours où il y a du courant, oui.

Il me montra sur son portable des images filmées en direct de Damas : même foule en liesse qu'ici, déchirant les portraits de Bachar el-Assad, renversant les statues, le palais présidentiel envahi et pillé par la foule, des rebelles en pick-up slalomant sur une route jonchée de carcasses de blindés, en direction de la prison de Saydnaya où le pouvoir emprisonnait et torturait ses opposants. Tout semblait irréel.

— La guerre civile a tué plus d'un demi-million de Syriens. Là, il aura suffi de sept cents morts… c'est à peu près le bilan.

— Comment ça a pu être si rapide ? demandai-je.

— En 2015, les Russes avaient quarante aéronefs sur place, maintenant ils n'en ont plus que dix et sont à court de munitions. Leur guerre en Ukraine a vidé les stocks… On a des images satellite qui montrent depuis des heures une rotation incessante de camions et de matériel en direction de leur base navale de Tartouz. Autrement dit, les rats quittent le navire… Quant aux gradés du Hezbollah qui encadraient les troupes syriennes, ils sont retournés au Liban après que les bipeurs piégés par Israël ont décapité leur état-major. Bachar a été abandonné par ceux qui le perfusaient depuis des années. Les soldats de l'armée syrienne étaient payés une misère, quand ils étaient payés. Personne n'a eu envie de se faire tuer pour vingt dollars. Alors ils ont laissé passer les rebelles. Bref, tout le monde a lâché le pouvoir. Le fruit était mûr et pourtant personne n'a rien vu venir.

— Et pourquoi vous avez accepté de m'emmener à Al-Roj ?

— Votre copine m'a menacé.

— Ce n'est pas ma copine.

— Berfine ne prend jamais quelqu'un sous son aile sans une bonne raison, insinua-t-il.

— Elle vous a menacé de quoi ? éludai-je.

— De ne plus me faciliter l'accès aux camps de la région. De me mettre des bâtons dans les roues.

— Pourquoi ? C'est quoi votre rôle ici ?

Il sourit, comme si nous savions tous les deux qu'il n'allait pas répondre à la question, et avala une autre gorgée de bière. Je décidai d'insister :

— Elle m'a dit que vous étiez un ancien militaire.

— Vous voyez que c'est votre copine. Elle n'aurait jamais dû vous dire ça.

— Pourquoi ? C'est secret ?

— Officiellement, il n'y a pas de présence française ici.

— Alors vous êtes un fantôme.

— Oui, comme vous, répliqua-t-il.

— Qu'est-ce qui vous faire dire ça ?

— Les fantômes reviennent d'entre les morts.

— C'est l'impression que je vous donne ?

— Ce n'est pas nécessaire de faire semblant de boire votre bière. Ça vous fait des moustaches pour rien. Si vous voulez, je peux vous avoir un Coca.

Vexée, je reposai ma canette, et il enchaîna :

— Venez, je vous emmène, on va fêter ça avec eux.

J'acceptai de le suivre, troublée qu'il m'ait si facilement percée à jour. Au moment de quitter le campement, j'aperçus du coin de l'œil un des hommes qui l'accompagnaient cet après-midi sortir de l'obscurité et nous emboîter le pas.

Nous cheminâmes dans la ville au milieu des rires, des chants et des clameurs de joie, que cadençaient des rafales d'armes automatiques. Spontanément, de joyeuses grappes humaines convergeaient vers une place où des feux avaient été allumés dans de vastes vasques de pierre.

— Ça fait quatre mille ans que ce peuple lutte contre son asservissement... Mais l'histoire se répète sans cesse... Aujourd'hui une victoire, demain une autre lutte...

— Vous les aimez bien, on dirait.

— Je les admire. Leur courage, leur détermination à obtenir un État.

Nous étions parvenus non loin d'un immense portrait photographique, installé au-dessus d'une estrade improvisée. Le même homme moustachu et souriant dont j'avais vu l'image sur le bureau de Berfine et dans les dortoirs des YPJ.

— C'est Apo, fit Matthieu.

— Apo ?

— Abdullah Öcalan, le leader du PKK, le Parti des travailleurs du Kurdistan… Il croupit dans les geôles turques depuis vingt-cinq ans, mais son peuple le suit comme au premier jour.

— Quand j'ai vu sa photo sur le bureau de Berfine, j'ai pensé que c'était son mari, dis-je avec un sourire, amusée par ma méprise.

— Ce n'est pas complètement faux, les YPJ et les YPG sont mariés avec la cause. C'est dans leur doctrine marxiste-léniniste, une sorte de célibat laïque dans lequel le guerrier se voue entièrement au parti.

— Pourtant, j'ai vu plusieurs femmes dans la foule, kalachnikov en bandoulière, super maquillées, apprêtées, carrément sexy, même.

— Il n'est pas interdit d'avoir des relations sexuelles, à condition de rester discret… Dans le noir total, même en plein combat, avec des équipements de visée nocturne j'ai vu des corps se chevaucher, des fellations.

— Vous voyez bien que vous êtes militaire.

— Je suis un fonctionnaire qui sert son pays, trancha-t-il en plongeant son regard dans le mien.

Alors je compris pourquoi il m'avait percée à jour. Il s'était renseigné sur moi. L'histoire de la bière était un test. D'une façon ou d'une autre, il connaissait mon passé d'ancienne alcoolique. Peut-être savait-il aussi ce que je venais faire à Al-Roj ? Cela ne me dérangeait pas. La fréquentation de membres des services secrets ou d'une quelconque agence gouvernementale ne me déstabilisait plus. Depuis que j'avais appris que Manon était vivante, je les savais faillibles. Seul m'importait de savoir si ce Matthieu allait constituer un obstacle ou s'il allait me faciliter la tâche.

Un homme apparut sur le podium, en dessous du portrait d'Abdullah Öcalan, accueilli par les applaudissements d'une foule composée à parts égales de femmes et d'hommes. Chacune de ses tirades était ponctuée de ferventes approbations. Nul besoin de comprendre le kurde pour savoir qu'il s'agissait d'une profession de foi politique. L'éventail des tenues de l'auditoire montrait à quel point, ici, destins civils et militaires étaient indissociables. Certaines femmes portaient l'uniforme des YPJ, le torse barré de cartouchières et un couteau de chasseur glissé à la ceinture, quant à leurs côtés leurs sœurs arboraient d'amples robes traditionnelles et de larges parures de bijoux qui étincelaient à la lumière des flambeaux. Une partie des hommes avaient revêtu des costumes d'apparat, gilets de velours chamarrés d'or, et l'autre, un foulard vert noué autour du cou ou porté en turban, sur l'uniforme de camouflage des YPG. Non loin, les familles partageaient le repas sur des couvertures posées à même le sol, encerclées d'enfants qui couraient en jouant à la guerre.

— Vous avez lu le manifeste d'Abdullah Öcalan ? demanda Matthieu en allumant une cigarette.

— Je croyais que les fonctionnaires n'avaient pas le droit de faire de la politique ?

Il ne se priva pas d'un large sourire.

— Personne ne nous interdit d'avoir des opinions, répliqua-t-il. Apo établit un lien entre l'oppression capitaliste et l'avènement du patriarcat. Il considère qu'aucun groupe social n'a été autant exploité physiquement et psychologiquement que les femmes. Selon lui, le féminisme, c'est « le soulèvement de la plus ancienne des colonies », ça pourrait inspirer certains de nos dirigeants.

J'acquiesçai, intriguée par mon guide d'un soir, désormais prolixe et chaleureux. Un homme comme lui, parlant arabe et kurde, se rendant dans un camp de réfugiés sous la protection de trois gardes du corps, ne se livrait pas par distraction, mais par calcul. Il m'offrait des gages de confiance et je n'étais pas assez naïve pour croire qu'il s'agissait de séduction. J'avais saisi à plusieurs reprises certains regards qu'il avait portés sur moi, et la réciproque aurait pu être possible, il ne manquait pas de charme, mais je devinais entre nous un intérêt qui dépassait la simple mêlée de corps égarés à des milliers de kilomètres de leurs bases.

Au moment du départ, j'avais enfilé le gilet pare-balles que Matthieu m'avait tendu et maintenant nous nous tenions tous trois, engoncés, côte à côte à l'avant du pick-up. Lui, à ma droite, silencieux, le front appuyé contre la vitre. Au volant, à ma gauche, le colosse roux à la barbe fournie, dont chaque biceps était plus large que mes cuisses. Les deux autres acolytes, le visage protégé de plusieurs tours de foulard, avaient pris place sur le plateau arrière du pick-up. L'un, debout, pointait le canon de la mitrailleuse dans la nuit où se tapissaient des dangers si divers et si nombreux qu'ils constituaient aussi des dangers pour eux-mêmes.

J'étais épuisée, je n'avais pas dormi, nous avions continué d'évoquer la chute de Bachar toute la nuit, ses conséquences pour les Kurdes et sur l'équilibre de la région. J'avais acquis la conviction que Matthieu entretenait un second mystère sous le premier. Il restait secret à cause de sa mission, mais aussi pour masquer une vérité indicible, dont des silences subits et douloureux qui parsemaient notre conversation constituaient les seuls affleurements. Mes muscles me lançaient et la poussière qui pénétrait dans le véhicule malgré les fenêtres fermées m'irritait la gorge. J'avais envie d'uriner, mais je n'osais pas demander qu'on s'arrête. J'espérais pouvoir me retenir jusqu'à l'arrivée. À deux reprises j'avais saisi dans le rétroviseur l'image d'un des gars sur le plateau arrière, debout en train de pisser par-dessus bord.

À mesure que nous nous enfoncions en cette terre du Moyen-Orient tout à la fois revendiquée, désirée et abandonnée, mon espoir de revoir Manon enflait et se précisait, aussi puissant que le faisceau des phares qui trouait l'obscurité. J'imaginais que, depuis le ciel, on devait voir notre véhicule tracer un sillon lumineux dans les vallées sableuses. Mais là-haut, les seuls yeux qui observaient étaient ceux de Dieu et des drones.

Après s'être allumé une cigarette, le colosse roux m'en proposa une. J'hésitai, puis finis par accepter. Je n'avais pas agi autrement, à quinze ans, lorsque j'avais fumé la première. Pour m'intégrer, pour être admise.

— Merci…

— Thomas, fit-il, laconique.

— Thomas, répétai-je, intriguée, tandis que Matthieu ouvrait la fenêtre. Et derrière, vos deux collègues ?

— Pierre et Jean.

— Vraiment ? dis-je. Thomas, Matthieu, Pierre et Jean.

Je tiquai sur la dénomination de ces étranges apôtres, mais aucun de mes compagnons de route ne commentant ces paroles, nous continuâmes à rouler en silence.

— Nous sommes encore loin ? demandai-je, en allumant la cigarette.

— Une trentaine de kilomètres. Nous arriverons au camp dans moins d'une heure…

Je me doutais que je n'allais pas tomber sur Manon dès mon arrivée, mais l'aboutissement de ces années d'errance et de recherches n'avait jamais été si proche. La tête me tourna à la première bouffée de tabac chaud. J'étais prise d'euphorie. Je tentai de relancer Matthieu sur un sujet sur lequel je le savais disert :

— Ces femmes kurdes, elles sont musulmanes, n'est-ce pas ?

— Majoritairement sunnites, oui.

— Visiblement, on est loin du cliché de la musulmane opprimée.

— Si cette nation existe, ce sera la conséquence de leur émancipation, et non la cause. Nos démocraties flageolantes ont beaucoup à apprendre d'elles.

— Et à propos de démocraties flageolantes, pourquoi l'État ne fait-il rien pour récupérer ses ressortissants qui sont dans les camps ?

— Encore faudrait-il qu'on sache qu'ils sont là…

— On a sûrement des moyens de savoir qui est là… Il doit y avoir des listes, insistai-je, sans vouloir me trahir.

— À condition de le vouloir. Qui a envie de voir revenir ses concitoyens djihadistes ou épouses de djihadistes ?

Moi. J'avais envie de revoir ma fille. Mais je devais le taire, digérer les propos de Matthieu qui faisaient écho à mon humiliante conversation avec le député Sedel, des années auparavant.

— Vous avez vu le niveau du discours politique dans notre pays ? poursuivit-il. La peur des émigrés, le sentiment d'insécurité. Et pas seulement dans le nôtre… Partout en Europe, la montée de la droite dure, le retour des extrémismes… Trump, aux États-Unis, qui parle de déportation…

— Alors on les laisse crever ici ? lançai-je.

— Pas complètement, puisqu'il y a des gens comme vous, motivés, qui viennent les soigner, répliqua-t-il avec ironie.

Je me refermai. On n'entendit plus que le son du moteur et de la tôle malmenée dans les nids-de-poule, dont certains étaient si profonds qu'on aurait pu y loger une chèvre.

Le soleil se levait à l'horizon, dessinant dans le ciel clair les arêtes d'un groupe d'habitations. Derik était la dernière ville avant Al-Roj, un ensemble de maisons basses, dominées par quelques édifices publics sur lesquels flottait le drapeau rouge, blanc et vert des Kurdes frappé en son centre d'un soleil jaune. Sur la plupart des façades, les symboles du régime de Damas avaient été grossièrement recouverts de peinture blanche, et au frontispice de l'ancien palais de justice ne restait visible que la chevelure noire d'un portrait monumental de Bachar el-Assad. De part et d'autre de la rue principale, les échoppes du bazar s'animaient, des silhouettes s'extrayaient des couvertures, des feux s'allumaient sous les fritures, des chiens se disputaient la dépouille d'un rongeur.

— Un quart d'heure avant l'arrivée, marmonna Thomas.

— Hélène, reprit Matthieu, personne ne souhaite que les réfugiés crèvent ici, comme vous dites. Mais il faut vous mettre en tête que parmi eux, il y en a qui ne veulent pas revenir dans leur pays d'origine. Ils ont trouvé ici ce qu'ils étaient venus chercher. Et ceux-là, on en fait quoi ? On les met de force dans un avion, on les débarque à Roissy ? De toute façon, les Kurdes s'opposent à tout retour qui n'est pas volontaire. Et comme ils refusent qu'on sépare les enfants de leurs mères, aucun représentant d'aucun pays ne peut rien faire pour un gosse dont la mère est persuadée que l'État islamique va la libérer ou qu'Allah va la sauver… Et ça arrange les Kurdes aussi. Parce que tant qu'il y aura des ressortissants étrangers dans les camps du nord-est de la Syrie, les Turcs n'oseront pas envahir le Rojava. Erdoğan n'a pas envie d'avoir à appeler Macron ou Trump ou quiconque pour lui expliquer qu'en bombardant un camp, ses troupes ont tué des Américaines ou des Françaises et leurs enfants.

— Ils servent de bouclier humain, quoi.

— D'assurance-vie, disons. Les Kurdes ont tout intérêt à les libérer au compte-gouttes. Alors tout le monde fait à sa sauce. En ce qui concerne les Françaises d'Al-Roj, certaines ont des avocats qui ont assigné l'État devant la Cour européenne des droits de l'homme.

— Avec quel effet ?

Il haussa les épaules.

— La France a été condamnée, elle paiera une amende, mais ça ne change rien sur le fond. Il ne faut pas être naïf. Quand la coalition a mis Daech à genoux et que les camps de réfugiés ont commencé à déborder de repentis du djihad, toutes les nations se sont retrouvées confrontées à la question du retour de ces gens. Lesquels avaient du sang sur les mains ? Lesquels étaient toujours radicalisés ? Alors chaque pays a fait comme il a pu, en fonction de critères plus politiques qu'humanitaires. Certains ont systématiquement récupéré leurs ressortissants et ont traité le problème chez eux, dans des camps de rétention ou des prisons. D'autres ont passé un accord avec l'Irak, ils ont été envoyés là-bas, où leur sort a été plus qu'expéditif.

— Et la France ?

Matthieu échangea un regard avec Thomas avant de reprendre la parole :

— Fin 2018, début 2019, les services secrets avaient mis en place un plan de retour automatique de nos ressortissants. Tous devaient être jugés en France. Mais il y a eu un hic. On était en plein mouvement des Gilets jaunes. Tout le monde se demandait jusqu'où ça allait monter, l'État était déstabilisé… Et là-dessus, Radio France commande un sondage qui révèle que les Français sont très majoritairement hostiles au rapatriement de ceux qui sont partis faire le djihad… Ça n'a fait ni une ni deux. Le PR a estimé que le pays était suffisamment sens dessus dessous pour prendre le risque d'exacerber encore les tensions. Et si certains avaient encore des doutes ou des regrets, l'assassinat de Samuel Paty, l'année suivante, a suffi à les convaincre.

— PR ?

— Le président de la République. Il a fermé la porte à l'idée d'un rapatriement général et les services secrets ont été priés de remballer leur projet. Moralité, entre 2022 et 2023, la France a fait du cas par cas, discrètement. Cinquante-six femmes et cent trente-deux enfants, en quatre rapatriements. Le dernier en juillet 2023, et depuis, plus rien.

Je ne savais pas si j'aurais eu la force d'agir autrement en étant au pouvoir. Mais il s'agissait de ma fille, qui n'aurait jamais égorgé un professeur, et, sans doute aussi, de dizaines de femmes ou d'hommes dans son cas. Les revendications des Gilets jaunes portaient sur le pouvoir d'achat et non sur la peur de l'étranger, l'homme qui avait tué Samuel Paty n'était pas un djihadiste de retour de Syrie, une majorité des jeunes qui avaient rejoint le califat avaient été trompés sur la nature de l'État islamique et l'utopie avait cédé la place à l'horreur. L'État islamique, en utilisant le nom de religion, nuisait à l'image de l'islam, qui ne prônait ni les décapitations ni l'asservissement des femmes. Les réfugiés syriens fuyaient des massacres. Pourquoi n'était-on pas capable de résister au simplisme ? Si on considérait que les centaines de gamins qui résidaient dans ces camps étaient dangereux, jusqu'à quel âge pouvait-on espérer les sauver ? Deux mois ? Un an et demi ? Trois ans ? Quelle était la date de péremption de l'innocence ? Si ardents à protéger notre modèle de société, nous en privions pourtant ces enfants, comme s'ils n'étaient pas dignes d'être élevés dans un pays où le droit de croire équivaut à celui de ne pas croire. Pourquoi prétendre alors, comme le chef de l'État l'avait fait le 14 mai 2019 dans un discours prononcé aux Invalides, que la France était une nation qui n'abandonnait jamais ses enfants, quelles que soient les circonstances et fût-ce à l'autre bout de la planète ?

Dans le dernier kilomètre, alors que la lumière du jour peinait à traverser la poussière accumulée sur le pare-brise, Matthieu releva un tour de cou noir sous ses yeux et ajusta une casquette sur son crâne. Thomas, le chauffeur, s'équipa de même, si bien que lorsque nous arrivâmes devant la barrière qui marquait l'entrée du camp d'Al-Roj personne ne pouvait identifier leur visage. Matthieu produisit aux YPG en faction des papiers rédigés en kurde et portant plusieurs tampons officiels, ce qui nous permit d'entrer.

Dans ce vallon perdu aux confins du désert, des centaines de tentes, jaunies par le sable, doublées de bâches rafistolées, s'alignaient, dressées sur des dalles en ciment d'une vingtaine de mètres carrés. Elles étaient regroupées en quadrilatères grillagés, hérissés de poteaux supportant des fils électriques et des projecteurs qui dispensaient, dans l'aube encore faible, une lumière blafarde. J'aperçus un premier groupe de réfugiées, invariablement vêtues d'une abaya noire, d'un voile intégral et de gants noirs, femmes sans traits qui ne se distinguaient les unes des autres que par leurs sandales ou les bandes colorées de leurs tennis. Un bidon d'eau ou un conteneur en plastique de couleur à la main, elles cheminaient dans les allées boueuses, enjambant les tendeurs, les planches et les débris charriés par les dernières pluies de la saison fraîche. Les unes se rendaient aux réservoirs d'eau, postés à l'extrémité de chaque allée, les autres formaient une colonne sombre et muette devant le souk où l'on distribuait céréales et produits de première nécessité. De jeunes enfants couraient et virevoltaient parmi elles, taches floues et bigarrées dont les rires étaient emportés par le sifflement du vent. À l'écart, deux femmes en uniforme des YPJ patrouillaient, les armes à la main.

— Ici, il n'y a que des femmes et des garçons de moins de douze ans, lança Matthieu, surprenant mon regard.

— Ils en font quoi après douze ans ?

— Ils les séparent de leur mère. Ceux qui ont participé à des combats partent directement en prison. Ceux qui n'ont pas de sang sur les mains sont envoyés dans des camps de déradicalisation.

— Et ça marche ?

Vu sa moue, j'en doutais.

— À cet âge-là, leur vrai truc, c'est jouer à *Dragon Ball*, soupira-t-il.

Le pick-up s'immobilisa au pied d'un château d'eau, face à des bâtiments en parpaings qui abritaient une antenne des Nations unies et le Croissant-Rouge arabe syrien, ainsi qu'un local où les adolescentes du camp venaient apprendre la coiffure et la couture.

Dans les locaux de l'AANES, Havala Awara, la cheffe du camp, nous reçut dans une pièce au sol en ciment recouvert de tapis orientaux. Elle nous offrit de partager un thé autour d'une table basse, sous le regard tutélaire d'un portrait encadré d'Abdullah Öcalan, souriant et ouvert. Je ne pus m'empêcher de penser que le leader kurde, emprisonné depuis vingt-cinq ans, devait avoir beaucoup changé depuis la prise de cette photo. Le visage fermé, semblant très affairée, Awara déclara avoir peu de temps à nous consacrer et s'adressa à moi en anglais :

— Nous allons vous accompagner au dispensaire, où vous examinerez cette gamine cardiaque. Profitez-en pour donner un coup de main au docteur Zîvan, il est débordé. On manque de tout, ici.

— Bien sûr. Si c'est possible, tentai-je, je peux prolonger mon séjour de quelques jours, je pourrais procéder à des examens cardiologiques systématiques sur un plus grand nombre de femmes.

Ma proposition parut la surprendre et je vis son visage s'éclairer.

— Dans ce camp, nous essayons d'ouvrir l'esprit de ces femmes et de les former à penser autrement, mais nous essayons aussi de les protéger physiquement. Vous êtes la bienvenue. (Puis, se tournant vers Matthieu) Vous verrez à organiser le séjour du docteur Dompierre et sa protection en mon absence.

Le reste de la discussion s'effectua en arabe. Ils avaient des affaires à traiter qui ne me concernaient pas. À plusieurs reprises, Awara tourna le regard dans ma direction, ce qui m'amena à me soucier de ce que Matthieu pouvait lui dire. En définitive, rien ne sembla avoir changé au terme de cette conversation. Awara me confirma que je pouvais rester dans le camp tant que Matthieu serait présent.

— Mais je vous recommande la plus grande prudence, étant donné les événements en cours, on ne sait pas comment tout cela va évoluer… Ici, des esprits peuvent s'échauffer.

Je décochai un regard inquiet à Matthieu, qui se voulut rassurant :

— Pour l'instant, Al-Joulani a d'autres chats à fouetter, fit-il. Remettre l'électricité à Damas, distribuer les ministères et aller chez le coiffeur…

Je le regardai, interloquée, tandis qu'Awara ne put retenir un sourire.

— Vous avez vu son nouveau look ? poursuivit-il. En même temps qu'il a abandonné son nom de guerre et repris son vrai nom : Ahmed Hussein al-Charaa, ses affidés et lui ont troqué le complet djihadiste – turban, battle-dress et barbe longue à la Ben Laden – pour une apparence plus fréquentable. Costard, cravate verte, souliers vernis et barbe impeccablement taillée, la tenue pour les visites officielles et les rencontres avec des chefs d'État, ajouta-t-il, dubitatif.

— Nous ignorons jusqu'à quel point nous devons nous méfier de cet homme, enchaîna Awara. Il est passé par Al-Qaida, l'État islamique, et même s'il a rompu avec l'un et combattu l'autre, il reste un islamiste... Des négociations ont commencé entre le groupe HTC et nous.

— Quel est le risque ici ? demandai-je, en tentant d'imaginer les conséquences pour Manon de la victoire d'un tel groupe.

Matthieu haussa les épaules, mais je n'étais pas certaine qu'il était aussi sûr de lui qu'il l'affichait :

— Ça se passe à plus de huit cents kilomètres, HTC avait la main sur la poche d'Idlib, mais diriger le pays entier ça demande d'autres moyens. Il va se passer du temps avant que l'onde de choc parvienne ici.

Awara mit fin à l'entrevue en me saluant et en me remerciant de mon engagement. Elle précisa que nous ne nous reverrions probablement pas car elle resterait éloignée plusieurs semaines.

J'ignorais si son départ risquait de modifier les équilibres, apparemment fragiles, à l'intérieur du camp et de contrarier mon projet, et je m'en ouvris à Matthieu en quittant le bâtiment.

— C'est fréquent, me rassura-t-il. L'idéologie, c'est comme une pile, ça se vide, il faut la recharger. Les cadres du parti retournent régulièrement suivre des sessions du PKK dans les monts Qandil, à la frontière entre l'Irak et l'Iran. En leur absence, une autre *havala* prend les commandes, tout le monde sait gérer ça.

— *Havala*, ce n'est pas son prénom ?

— Ça veut dire camarade. *Haval*, au masculin.

— Et vous, vous restez combien de temps ? demandai-je. Puisque la durée de mon séjour dépend du vôtre maintenant.

— Vous aurez fini ce que vous êtes venue faire ici avant moi, répondit-il, énigmatique.

C'était la deuxième fois qu'il usait de sous-entendu. Je ne relevai pas et déclarai simplement :

— Donc nous sommes appelés à nous revoir.

— Vous dormirez à l'académie militaire de Derik, la petite ville que nous avons traversée avant d'arriver. Thomas vous y conduira ce soir, on s'y croisera immanquablement.

Une recrue au visage de poupée, à peine plus haute que sa kalachnikov, se glissa sans bruit à nos côtés. Elle m'invita à la suivre jusqu'au dispensaire.

En chemin, nous croisâmes une réfugiée flanquée d'un gamin qui tournait à quatre pattes autour d'elle, tandis qu'elle étendait du linge sur un fil tendu entre deux tentes : un jean, des tee-shirts et des sous-vêtements colorés. Elle-même portait un jogging bleu ciel et un tee-shirt jaune à manches courtes, ses longs cheveux bruns tressés en natte non couverts. Ses gestes étaient gracieux, elle fredonnait une chanson gaie.

C'était ainsi que j'espérais retrouver Manon, comme une mésange au milieu d'un vol de corbeaux.

— Avant, le port du voile était interdit dans le camp, déclara mon accompagnatrice. Les radicalisées ont manifesté, elles ont mis le feu aux tentes… Nous avons été obligées de céder.

Le dispensaire était de construction récente, protégé des bourrasques de sable par un sas en toile. À l'intérieur, tout était étonnamment blanc, propre, avec une salle d'attente déserte, plusieurs box d'examen, une salle de radiologie et un bloc opératoire. Le docteur Zîvan, qui m'accueillit avec enthousiasme, m'invita à découvrir un fauteuil de dentiste dernière génération, enveloppé d'un film plastique, des équipements ophtalmologiques neufs, en pièces détachées, et le robot de radiographie 3M, toujours emballé dans son conteneur en polystyrène. Du matériel sophistiqué qui n'avait jamais servi à cause des coupures d'électricité et du manque de personnel. Une fois, il avait été obligé de pratiquer une césarienne sans aucun anesthésique pour endormir la femme. Il n'y avait pas non plus d'antibiotiques et d'antalgiques dans les placards à pharmacie dernier cri. Sur les paillasses carrelées de blanc s'entassaient quelques paquets de couches-culottes et des bidons de lait maternisé périmés. Zîvan monologuait d'une voix égale, dénuée d'une rage qui aurait été pourtant légitime. Selon lui, les dons de l'Unicef, des ONG italiennes, espagnoles, allemandes et d'autres pays étaient le plus souvent inutilisables.

— Quand ils consultent leurs bordereaux, les bureaucrates doivent penser qu'on est équipés comme une clinique des beaux quartiers, mais en vérité, c'est l'hôpital de la fin du monde, ici. Tenez, vous savez utiliser un endoscope ? La semaine dernière, j'en ai reçu un, don d'une ONG norvégienne. Dernier modèle, avec caméra, écran de contrôle, instruments de résection, sauf que je n'ai rien pour stériliser... Et personne ne sait s'en servir... On ne trouve même pas le bouton pour le mettre en route. Les nations se déculpabilisent en donnant, mais rien n'est fait pour que ça fonctionne. Et lorsque des bénévoles arrivent dans ce camp, pleins de bonne volonté, parfois les Kurdes les virent le lendemain. Mesure de rétorsion contre les réfugiées, parce qu'une fraction d'entre elles a déclenché une émeute ou qu'il y a eu un départ de feu suspect. Les gars repartent, le matériel s'entasse.

— Vous êtes seul ici ?

— Parfois je reçois de l'aide depuis Kameshli. Une ou deux fois par semaine, des collègues viennent faire une vacation. Et vous-même, je sais, vous n'allez pas rester.

— Si, je vais essayer un peu.

— Un peu, c'est mieux... J'ai fait appeler la petite patiente, elle présente des signes d'insuffisance cardiaque. Je resterai avec vous, elle ne parle qu'arabe.

Quelques minutes plus tard, trois femmes voilées se présentèrent au dispensaire en compagnie de Zineb, une petite fille de huit ans, qui marchait avec difficulté et était prise de violentes quintes de toux. Le docteur Zîvan peina à convaincre la mère et les deux sœurs de rester dans la salle d'attente avant que nous nous enfermions avec la petite patiente. J'écoutai son cœur fortement arythmique et l'interrogatoire révéla que Zineb avait contracté un virus quelques semaines auparavant. Depuis, elle était essoufflée. Je suspectai qu'elle était en train de décompenser d'une cardio-myopathie préexistante. Je demandais au docteur Zîvan d'aller interroger la mère et il revint quelques minutes plus tard en confirmant que la mère de sa mère et une de ses tantes avaient souffert de la maladie du gros cœur.

— Il faut lui administrer des diurétiques et des bêtabloquants, vous en avez ?

Zîvan eut un geste d'impuissance.

— Il faudrait lui faire une échographie cardiaque, et si le diagnostic se confirme, l'inscrire d'urgence sur une liste de transplantation. Vous pouvez demander un rapatriement sanitaire ?

— Pas sans l'accord de la mère.

Après que j'eus exposé le diagnostic à la famille, la mère refusa catégoriquement. Le corps de sa fille était inviolable et personne ne changerait un de ses organes.

— Ce n'est pas impur, tenta de la convaincre Zîvan, citant le Coran : « Et quiconque lui fait don de la vie, c'est comme s'il faisait don de la vie à tous les hommes », c'est le verset 32 de la sourate « Al-Maidah ». Les greffes sont halal s'il s'agit de sauver une vie.

La mère, butée, énonça que la décision revenait à Dieu seul. De toute façon, Zineb était née au pays du Châm et ne le quitterait jamais. Jamais ni elle ni ses sœurs ne retourneraient en Allemagne. Les deux aînées avaient déjà saisi leur cadette par les bras et l'entraînaient vers la sortie.

Au moment de quitter le dispensaire, la mère se tourna vers moi et m'apostropha violemment :

— *Du musst konvertieren ! Du musst ! Wenn Sie wie wir Muslim werden und ihren Körper und ihr Gesicht bedecken. Sie nicht getötet !*

Zîvan s'était assis, perdu dans ses pensées.

— Je ne parle pas allemand, avança-t-il prudemment.

Après leur départ, il resta silencieux, immobile, découragé. Quant à moi, j'étais effrayée à l'idée que Manon soit dans des dispositions d'esprit similaires. Elle avait échappé à mon autorité depuis longtemps et je rêvais encore d'influencer son destin au nom de valeurs auxquelles elle avait peut-être tourné le dos. Au fond, j'essayais de me différencier de cette mère qui, en refusant la greffe, condamnait sa fille, mais toutes deux, conformément à nos convictions, pensions agir de façon appropriée.

— Elles sont nombreuses qui refusent de rentrer chez elles ? demandai-je en essayant de me préparer au pire.

Zîvan hocha la tête.

— Il y a les idéologues, Hisba et compagnie, mais cette Allemande n'en fait même pas partie. La vérité, c'est que beaucoup de ces femmes n'ont jamais eu l'occasion de prendre une seule décision qui les concerne. Dans leur pays, ou ici, elles ont été sous l'emprise de leurs parents, puis de leur mari. Et si elles sont veuves, sous l'emprise de l'État islamique qui les a déplacées, de ville en ville, de mari en mari. La plupart ont désappris à gouverner leur vie. Ou n'ont jamais su qu'elles pouvaient le faire…

— Mais les Françaises ? demandai-je, comme s'il allait y avoir une différence nationale, comme si au pays des droits de l'homme l'autodétermination était plus résistante, comme si je pouvais encore espérer en Manon.

— C'est pareil, d'où qu'elles viennent. Australiennes ou Tadjikes, Françaises ou Belges. Elles ont le cerveau lavé.

— Et il y en a beaucoup ici ?

— Des Françaises ? Plusieurs dizaines. Vous en verrez cet après-midi. Si elles viennent changer leurs pansements.

Dans l'après-midi, j'eus effectivement l'occasion d'examiner plusieurs réfugiées d'origine française, qui ne manifestèrent aucun intérêt à me rencontrer. Méfiantes, elles restaient évasives lorsque je les questionnais sur leurs conditions de vie et sur leurs relations avec leurs coreligionnaires. Le seul sujet qui délia les langues fut l'état des sanitaires du camp, constamment bouchés, débordants d'excréments, qui les poussaient à faire leurs besoins dans leur propre tente. Je leur promis d'en référer à l'administration du camp et offris de communiquer sur ma présence auprès de leurs compatriotes, en leur donnant mon nom et mon prénom. Je leur vantai la chance d'avoir un médecin qui parle la même langue, un atout pour un échange autour de leurs problèmes de santé. En réalité, j'espérais que mon nom parvienne aux oreilles de Manon.

En fin d'après-midi, j'effectuai quelques pas hors du dispensaire. Le vent était tombé et d'abondants nuages concouraient à retenir la faible chaleur de la terre, imbibée des vapeurs de pétrole des gisements souterrains. Je me dirigeai vers une première rangée de tentes, espérant secrètement que mon message ait porté ses fruits et que Manon surgisse à un carrefour. À la place, une des deux sœurs de la petite Zineb apparut et m'empoigna, me tirant violemment derrière les toiles blanches, chuchotant en anglais :

— Je suis venue te traduire l'avertissement de ma mère : « Tu dois te convertir. Deviens musulmane comme nous et couvre-toi le corps et le visage, et tu auras la vie sauve. Sinon… »

Le soleil disparu, je me rendis au réfectoire de l'académie militaire de Derik. Une vingtaine de soldats kurdes se restauraient déjà dans une ambiance calme, plus proche de celle d'une bibliothèque que d'une cantine de l'armée. Le buffet proposait de la soupe aux lentilles corail et des rouleaux de bœuf épicé mais, étant donné la pénurie de médicaments, je privilégiai la première. En regagnant ma table, je repérai, à l'extrémité du restaurant, la tête de Thomas et son abondante chevelure rousse, qui dépassait toutes les autres, casquettes, turbans et foulards compris. Quelques minutes plus tard, Matthieu me rejoignit avec deux canettes de la même bière turque qu'à Kameshli.

— Je peux ?

Je hochai la tête et il s'assit en face de moi.

— La journée a été dure ? me devança-t-il.

— J'ai vu une mère refuser une chance de soins à sa fille et ensuite la sœur aînée a menacé de me tuer, fis-je d'un ton égal.

Il me fixait avec une douceur inhabituelle et la bienveillance de son regard ranima une sensation lointaine. Une voie possible au travers de strates douloureuses, capable de repousser des années de rejet de soi. Je me surpris à le trouver attirant, mais il détourna les yeux et ouvrit une canette, mettant fin au charme.

— Il ne faut pas vous balader seule, ça peut être dangereux pour vous. (Il prit son temps et ajouta) Comme pour votre fille.

Je restai pétrifiée, lançant un regard autour de moi. Personne ne semblait s'intéresser à notre conversation. J'essayai de déchiffrer ses arrières-pensées mais son visage était redevenu impassible. J'avalai une gorgée de bière, pour la première fois depuis des années. Il se leva et me proposa de le suivre.

— On sera plus tranquilles pour parler dehors.

L'académie s'étendait sur plusieurs centaines de mètres autour d'une caserne et de hangars emplis de matériel militaire. Matthieu avançait, silencieux, nous entraînant à l'écart de toute présence. Je ne savais pas quel rôle il jouait mais je le soupçonnai d'être un manipulateur hors pair. Nous traversâmes un terrain de sport improvisé, filet de volley-ball rapiécé suspendu entre deux poteaux, sac de frappe élimé pendant à la branche d'un cèdre, non loin d'une piscine où deux soldats assis sur le bord, les pieds nus dans l'eau, partageaient une cigarette. Puis nous rejoignîmes une oliveraie laissée à l'abandon, où les buissons et les herbes folles s'enlaçaient aux troncs noueux.

— OK! fis-je, jugeant que nous étions suffisamment éloignés. Que savez-vous de ma fille ?

— Je vous l'ai dit à Kameshli, la façon dont la commandante Berfine a insisté pour que je vous conduise ici m'a intrigué. Surtout au moment où les équilibres sont bouleversés dans le pays et où les Kurdes affrontent de nouvelles menaces. Vu ses fonctions, elle a sûrement autre chose à faire que de se préoccuper d'humanitaire. Alors, j'ai passé deux ou trois coups de téléphone à Paris. Ça n'a pas été très difficile. Votre nom remonte assez vite dans les dossiers, joint à celui de votre fille, donnée pour morte à Mossoul il y a sept ans.

Il avait énoncé cette phrase en rivant son regard au mien. Je me tenais face à lui, les flancs inondés de sueur, dans l'attente de ses prochaines paroles. Il m'offrit un répit en allumant une cigarette. D'un geste vif, je portai la canette à mes lèvres.

— Dans mon métier, on considère que les coïncidences n'existent pas, reprit-il. Je me suis demandé ce qui avait pu conduire le docteur Hélène Dompierre à déployer une telle énergie pour se rendre à Al-Roj… Du coup j'ai passé la journée, dans le camp, à interroger les réfugiées d'origine française.

Considérant ma surprise, il marqua une pause, avant de reprendre :

— C'est la raison pour laquelle je suis ici. Interroger nos ressortissantes. Il en reste une cinquantaine et une centaine d'enfants… J'évalue leur dangerosité potentielle, je réunis des éléments à charge et à décharge. Ça fait trois ans que je suis ici, j'ai participé à la sélection des candidates aux précédents rapatriements. Officiellement, cette mission n'existe pas, c'est pourquoi je suis obligé de rester dans les petits papiers des Kurdes.

Je mesurais la valeur de tout ce qu'il venait de me révéler.

— Alors c'est vous qui décidez si ces femmes rentrent ? dis-je, emplie d'espoir.

— Non, j'adresse un rapport.

— À qui ?

— Au directeur des services de sécurité, au Parquet national antiterroriste et à l'EMP.

— L'EMP ?

— L'état-major particulier du président de la République. Ce sont eux qui statuent en dernier ressort.

J'avalai une nouvelle gorgée de bière, en proie à une ivresse qui n'était pas seulement due à l'alcool.

— Et vous avez trouvé Manon ? demandai-je, fébrile.

— Pas encore, mais je sais dans quelle tente la trouver.

— Ma fille n'est pas une terroriste, il faut que vous m'aidiez, suppliai-je en lui prenant le bras. J'ai remué ciel et terre pour la retrouver, c'est une victime de tout ça…

— Hélène, dit-il en saisissant ma main, j'ai accepté d'être officier de liaison ici parce que je connais la réalité des camps et le cynisme des décisions politiques... On a eu raison d'agir contre Daech, mais on a mis ce pays à feu et à sang et maintenant on laisse pourrir la situation, on met en danger la vie de ces femmes et de leurs enfants... Il y en a des centaines dans ce camp qui n'ont pas demandé à être là, qui veulent rentrer mais n'osent pas se manifester par peur de représailles des plus radicalisées. Je ne sais pas si Manon est une terroriste et il me reviendra de l'estimer. Mais si ce n'est pas le cas, elle ne mérite pas de rester ici. Le fait qu'elle ait côtoyé Ayoub Zaouche peut jouer en sa faveur, elle pourrait avoir des informations qui intéressent nos services.

Bouleversée par son offre, je réprimai une envie de l'enlacer. Maintenant, il s'était tu, faisant face à la nuit, le visage grave. En dépit de sa haute taille et de l'arme fixée à sa ceinture, il paraissait fragile.

— Matthieu, ce n'est pas votre vrai prénom, n'est-ce pas ? Vous avez tous des pseudos ?

— Si je vous dis mon prénom, vous n'allez pas me croire.

— Dites.

— Matthieu, finit-il par lâcher. J'ai choisi Matthieu comme pseudo. Mais personne ne le sait. Comme ça, au milieu de toute cette horreur, quand on me nomme, cela m'aide à rester moi-même. À être certain de savoir qui je suis.

— Quand pourrai-je voir ma fille ?

— Demain matin, j'organiserai un entretien avec elle, mais il faut que vous sachiez une chose encore.

— Quoi ? Elle est blessée ? m'inquiétai-je.

— Non. Dans le camp, votre fille est connue sous le nom d'Oum Marwa.

— D'accord, dis-je.

On m'avait prévenue qu'elle aurait changé de nom.

— Oum, en arabe, continua-t-il, c'est « mère ». Oum Marwa, ça veut dire la mère de Marwa.

— Elle a un enfant ?

— Une fille.

CINQUIÈME PARTIE

La sage-femme qui m'avait emmaillotée à la naissance avait prédit à ma mère que si je braillais fort, cela signifiait que je resterais maîtresse de ma vie. L'avais-je seulement été ? Vingt années plus tard j'avais appris que j'allais être mère dans les toilettes de la brasserie en face de la fac. Le trait bleu sur le test. J'étais revenue prendre place à notre table et j'avais demandé à Max s'il me trouvait différente. Si quelque chose s'était modifié en moi. S'il remarquait un changement. Évidemment, il avait répondu non, je n'étais enceinte que de deux semaines. Pourtant, une conscience aiguë de vivre le moment le plus déterminant de mon existence m'avait déjà transformée. Et maintenant, tout au bout de cette lignée, j'apprenais que Manon avait donné la vie sur une terre de mort.

Ce matin-là, en suivant Thomas dans les allées sableuses du camp, je n'arrivais pas à me laisser complètement aller à la joie de revoir ma fille. Mon sentiment initial d'abandon, émoussé au fil des années, s'était ravivé depuis l'annonce de la maternité de Manon. Au fil des années, je m'étais habituée à l'idée qu'elle n'ait jamais jugé nécessaire de m'adresser un signe de vie. Mais deux vies… Sur les réseaux sociaux, j'étais tombée sur des messages de filles à leurs mères, les prévenant de leur accouchement en Syrie. Toute la nuit, j'avais espéré que les circonstances de sa vie dans le califat allaient m'être révélées et me permettre de comprendre son comportement. En attendant, je pénétrai dans les quartiers de l'AANES, à pas lents, percluse d'appréhension.

Thomas me conduisit dans une salle attenante à la cellule d'interrogatoire, dont elle était séparée par une glace sans tain.

— Quand est-ce que je pourrai lui parler ? demandai-je en découvrant, au travers de la vitre, une pièce encore déserte, meublée d'une table et de trois chaises.

— Tout dépendra de ce qu'elle a à nous raconter.

La veille, à aucun moment Matthieu n'avait fait allusion à la suspicion de complicité de terrorisme accolée à Manon par la DGSI, mais il était forcément au courant. À moins que l'annonce de sa mort n'ait éteint le mandat de recherche. Il n'avait pas dit un mot non plus de la surprise de la savoir vivante, en contradiction avec la version officielle.

— Vous auriez une cigarette ? demandai-je à Thomas, qui plongea une de ses grosses pattes dans une poche de sa veste de combat.

Il sortit un paquet, j'en saisis une. Il tendit son briquet et l'alluma.

— La dernière qu'on a interrogée a prétendu qu'elle n'avait rien à voir avec tout ça, dit-il. Jusqu'à ce qu'on retrouve un selfie sur les réseaux sociaux où elle posait avec la tête décapitée d'une femme yézidie, offerte en cadeau de mariage à son mari…

Je reculai vivement.

— Vous savez qu'on parle de ma fille, là ?

— Oui, madame, dit-il en remisant paquet et briquet comme si de rien n'était.

Je m'emparai d'un cendrier plein de mégots et marchai de long en large en exhalant la fumée.

— Marwa, ça veut dire quelque chose ? demandais-je.

— « La roche blanche ».

Je ne répondis rien, mais j'appréciais un tel choix. Il avait fallu à cette petite la solidité de la pierre pour traverser le terrible enfer des premières années de sa vie.

— Et quel âge a-t-elle ?

— Pas la moindre idée, madame.

J'entendis du bruit dans le couloir. Des pas résonnèrent devant notre porte, puis celle de la pièce voisine s'ouvrit. Je vis Matthieu entrer en compagnie d'un homme des YPG.

— Le commissaire politique du camp, expliqua Thomas, il va consigner l'entretien. (Comme je le regardais, interloquée, il anticipa ma question)

L'entretien aura lieu en arabe, c'est pour ça que je reste avec vous, pour traduire.

— Mais Manon ne parle pas arabe.

— Après tant d'années ici, si. Forcément. Elles parlent toutes arabe. De toute façon, le capitaine ne s'exprime jamais en français devant les réfugiées. La France n'est pas supposée avoir connaissance de la présence de ses ressortissantes. Sinon on risquerait d'avoir obligation de les rapatrier.

— Ma fille ne restera pas ici.

— Ce n'est pas moi qui délivre les bons de sortie, madame. C'est le capitaine Matthieu.

— Très bien.

— Vous savez pourquoi ils l'ont choisi pour ce job ? reprit-il.

— Non.

— C'est un excellent tireur. Dans les forces spéciales, il a tué tellement de djihadistes qu'on l'avait surnommé l'Éradicateur. Des « terros » comme elle, il en a croqué des dizaines, lâcha-t-il, en faisant clairement référence à celle dont nous attendions la venue.

— Ce n'est pas une terroriste, je vous dis, et je vais la faire sortir d'ici.

— Tant mieux alors, répliqua-t-il sans conviction.

J'avais du mal à faire coïncider le portrait esquissé par le soldat Thomas avec ce que j'avais entrevu de Matthieu la veille, et qui nous avait poussés dans les bras l'un de l'autre. Les cicatrices qui barraient son corps n'étaient pas celles qui le faisaient souffrir. Cet homme abritait des douleurs clandestines, il aspirait à remédier à certaines actions du passé. Le retour inattendu du désir et l'étourdissement par l'alcool m'avaient retenue de le questionner plus avant à l'occasion de ses confidences. L'un comme l'autre nous partagions en silence un espoir, celui d'une rature de nos chagrins. Nous nous étions unis jusqu'à l'aube, dans ma chambre de caserne, comme deux êtres cabossés qui s'offrent réparation. Toutefois, à présent, je me demandais si je ne lui avais pas servi ma fille sur un plateau d'argent. Jusqu'à quel point m'avait-il utilisée pour atteindre une cible que tout le monde croyait disparue ? Une de plus à son tableau de chasse ?

— Il y a longtemps que vous vous connaissez ? relançai-je Thomas.

Le soldat ne cacha rien de son admiration pour son supérieur. Après Saint-Cyr, Matthieu avait servi en Bosnie pendant la guerre des Balkans, puis en 2001 il était reparti avec les forces spéciales en Afghanistan participer à la traque de Ben Laden. C'était là que les deux hommes s'étaient rencontrés. Depuis, ils avaient été sur tous les théâtres d'intervention, au Sahel, en Somalie et en Syrie, où ils étaient arrivés peu après Kobané et étaient restés jusqu'à al-Baghouz. Matthieu avait choisi de lâcher les missions opérationnelles en 2019 et il avait rejoint la DGSE. Ses connaissances du terrain moyen-oriental avaient fait de lui un analyste prisé, mais lorsque les autorités, persuadées qu'il ne serait pas tendre avec les djihadistes, lui avaient proposé cette affectation, il n'avait pas su refuser.

Je n'eus pas le temps de peser l'ambiguïté de cette dernière information, car des pas retentirent dans le couloir. J'entendis des voix de femme puis une voix d'enfant et, avant que j'aie pu réaliser, la porte s'ouvrit de nouveau dans la pièce voisine.

Manon apparut derrière la vitre, en abaya noire, portant un foulard et un niqab qui lui masquaient le visage. Une fillette de quatre ou cinq ans encombrait sa marche, le visage enfoui dans les vêtements de sa mère, les bras noués autour de sa taille. Elles étaient suivies par deux soldates des YPJ. Après une si longue absence, je retrouvais ma fille sans voir ses traits. Mon cœur battait fort, j'avais envie de briser cette séparation de verre sale qui m'empêchait de distinguer ses yeux.

Les YPJ la firent asseoir face à Matthieu, puis reculèrent de deux pas pour se poster de part et d'autre de la porte. La petite Marwa, sans lâcher sa mère, examinait la pièce et arrêta son regard sur la vitre. Je me raidis.

— Elle ne peut pas vous voir, murmura Thomas.

J'étais stupéfiée, parce que Marwa était le portrait exact de Manon au même âge. La rondeur de ses joues, les boucles presque blondes, qui avaient foncé avec les années, les cercles parfaits de ses yeux malins et l'ourlet boudeur de ses lèvres. Confrontée à cette vision du passé, prise d'un vertige, je sentis mes jambes se dérober et me laissai glisser sur la chaise.

Le haut-parleur retransmettait la voix de Matthieu qui avait pris la parole, en arabe. Dès sa première phrase, je reconnus distinctement « Manon Dompierre » et vis ma fille acquiescer. En dépit des incertitudes qui pesaient sur son avenir, j'étais soulagée. Neuf années de doutes, de découragement se réduisaient en poussière au seuil d'une nouvelle période de notre vie. Manon, partie à dix-huit ans, me revenait à vingt-sept, un tiers de sa vie entièrement écoulé en mon absence. Comment allions-nous pouvoir nous réhabituer l'une à l'autre ?

L'échange se poursuivait, consigné scrupuleusement par le commissaire politique, traduit au fur et à mesure par Thomas :

— Il lui demande si la petite est bien sa fille.

— « Oui, c'est Marwa.

— Quel âge ?

— 7 ans. »

Je me tournai vers Thomas et lui fis part de ma surprise : cette enfant paraissait en avoir deux ou trois de moins, elle était si fluette, ses poignets étaient des brindilles.

— La malnutrition, les conditions d'existence dans les camps, expliqua-t-il, ils font tous plus jeunes qu'ils ne le sont. Ils vont garder des traces de tout ça dans leur tête, mais aussi dans leur corps, ajouta-t-il.

Il se tut, comme perméable pour la première fois à une émotion, avant de reprendre sa traduction, quand de l'autre côté de la vitre une nouvelle question fut posée à Manon :

— « Tu as des papiers ? »

Je reconnus le passeport qu'elle tendit à Mathieu, glissé dans le même étui bleu que sa marraine lui avait rapporté d'un de ses séjours au Népal.

— « Est-ce que tu peux enlever ton voile ?

— Je ne l'enlève pas devant des hommes. Si vous voulez voir mon visage, vous n'avez qu'à sortir. »

L'impertinence me fit sourire mais je sentis Thomas se crisper à mon côté.

La petite Marwa s'était détendue, elle avait quitté les bras de sa mère et s'approcha de Matthieu, qui lui indiqua d'un geste qu'elle devait rester de son côté de la table. Manon la rappela. Marwa se lova sur ses genoux, suçant son pouce, et Manon lui passa délicatement la main dans les cheveux. J'observais la scène tendre et triste, ma fille en train de câliner sa propre fille, entourée de femmes et d'hommes en armes. Une image transfigurée par la vitre, ceinte d'un cadre en bois, troublée par le grain du verre. J'examinais à la dérobée une scène qui aurait dû rester confidentielle et j'en voulais à ces militaires d'altérer ma première expérience d'aïeule. Leur présence dégradait une découverte que nous aurions pu effectuer toutes trois, Manon, Marwa et moi, dans l'intimité d'une des tentes du camp.

Matthieu continuait cependant. Il demanda à Manon si Ayoub Zaouche était bien le père de l'enfant, ce qu'elle confirma, comme elle déclara, laconique, que celui-ci était décédé dans un bombardement américain, au début de la bataille de Mossoul.

— « Et pourquoi tu y as échappé, toi ?

— Je n'étais pas dans l'immeuble.

— Pour quelle raison ? »

Manon baissa la tête, visiblement affectée par le souvenir. Elle caressa doucement la joue de Marwa qui avait fermé les yeux.

— « J'étais enceinte de cinq mois. Ayoub voulait offrir un lionceau au califat. Il m'a envoyée dans un des centres où on pouvait encore passer une échographie. J'étais là-bas quand le missile est tombé. »

Maintenant qu'elle prononçait des phrases plus longues, un doute s'insinua en moi. Une impression de moins en moins diffuse, à mesure que Matthieu la questionnait sur sa participation aux activités de l'État islamique à Mossoul, et qu'elle niait avec vigueur toute implication dans des actes de guerre ou des attentats.

— Il ne pourrait pas lui demander de s'exprimer en français ? demandai-je. Deux ou trois phrases ?

— Pourquoi ? Je vous ai dit qu'on n'était pas censés être français, rétorqua Thomas.

Je remuai la tête de droite à gauche.

— Je ne sais pas… J'ai l'impression que ce n'est pas sa voix derrière le voile, confiai-je, inquiète.

— Vous ne l'avez pas entendue depuis des années. Elle a vécu beaucoup de choses, elle a changé. En plus, c'est de l'arabe et c'est retransmis par un haut-parleur en mauvais état, tenta-t-il de minimiser.

Manon relatait maintenant qu'après la mort de Zaouche, l'organisation l'avait déplacée en Syrie, à Racca, où elle avait accouché dans une *madâfa*.

— La maison réservée aux femmes, commenta Thomas, après avoir traduit.

Manon poursuivit son récit par la bataille de Racca. Les bombardements de la coalition internationale avaient recommencé et, à la suite de Mossoul, le fief syrien de l'État islamique était tombé à son tour. Alors Manon et sa fille s'étaient enfuies en direction du sud, pourchassées par les Kurdes, jusqu'à al-Baghouz où elles avaient fini par se rendre. Plus que sur les événements, j'étais focalisée sur le timbre de sa voix, convaincue peu à peu d'une mascarade.

— Comment vous savez que c'est elle ? On ne se rend compte de rien avec ce voile, dis-je, agacée.

— Matthieu s'est renseigné auprès des autres Françaises du camp, votre fille a son passeport sur elle et elle a été enregistrée dès son arrivée…

Mais je ne l'écoutais plus.

— Ce n'est pas sa voix ! Il y a une autre musique derrière les mots, affirmai-je en bondissant vers la porte.

Thomas jura, il se prit les pieds dans la chaise en voulant m'arrêter.

Je me retrouvai dans le couloir. En deux pas, je fus devant la porte de la salle d'interrogatoire et actionnai la poignée. Je me précipitai à l'intérieur. Le visage de Matthieu se décomposa. Aucun son ne sortit de sa bouche arrondie. Le commissaire politique resta figé, son stylo en l'air. Je traversai le rideau des gardes YPJ et atteignis cette femme qui prétendait être ma fille. Lorsqu'elle tourna la tête dans ma direction, je n'eus besoin d'aucune autre confirmation. Manon n'était pas derrière ce voile. Ces yeux n'étaient pas les siens, ni son regard. Ce regard ne me reconnaissait pas. Je lui faisais face et elle ne savait pas qui j'étais. Et comment, qui qu'elle soit, aurait-elle pu imaginer être confrontée à la mère de la femme dont elle usurpait l'identité ?

— Tu es qui ? demandai-je, ivre de colère, alors que Thomas à son tour faisait irruption dans la pièce et que tout le monde restait sidéré. Tu n'es pas Manon Dompierre !

— Vas-y, lâche-moi ! répondit la femme, s'exprimant en français avec un accent méridional. Bien sûr que c'est moi ! Toi, t'es qui toi ?

— Je suis sa mère !

D'un geste vif, j'agrippai le niqab et tirai, la dévoilant, révélant le visage d'une jeune femme originaire d'Afrique du Nord.

— Mais elle est folle ! répliqua celle-ci en cachant son visage entre ses mains et en m'insultant dans sa langue.

La petite Marwa se mit à crier. Je restai hébétée, ma fille une nouvelle fois escamotée. Une YPJ me ceintura, tandis que l'autre aidait l'usurpatrice à remettre son voile.

— Où elle est ma fille ?! hurlai-je. Qu'en as-tu fait ?

— Elle est morte ! brailla la femme. Mais je n'ai rien fait, moi ! (Elle s'adressa directement à Matthieu) La mère est morte et moi j'ai sauvé la petite ! Il faut m'aider !

Matthieu aboya des ordres en kurde et Thomas aida une des YPJ à m'entraîner hors de la pièce. Le commissaire politique gesticulait et criait en arabe. La petite Marwa pleurait à pleine gorge. Au milieu de ce fracas insupportable, je n'entendais plus rien, ne disais plus rien, entraînée par la sentence de cette inconnue sur des récifs auxquels j'avais cru avoir échappé. Ceux de la mort de Manon.

Thomas nous accompagna, ne desserrant les lèvres que pour une phrase : « Vous n'imaginez pas la merde que vous avez foutue, surtout en ce moment », avant de me confier aux soins de la soldate, qui me fit entrer sans ménagement dans le bâtiment réservé aux YPJ en me sermonnant dans un anglais parfait :

— Je suis musulmane et je ne porte pas le voile, c'est mon choix. Mais ce que vous venez de faire en lui arrachant son voile, c'est une atteinte à nos droits à toutes ! Je me suis engagée contre l'État islamique à cause de leur politique féminicide, de leur culture du viol ! Mais comment se faire respecter par les hommes si on ne se respecte pas entre femmes ?

Je n'avais rien à répondre à ce flot de paroles militantes, toute capacité d'élaboration drainée hors de moi. Je la suivis docilement à travers le dortoir où vivaient les femmes du YPJ, sous le regard omniprésent de portraits d'Apo, jusqu'à une porte qu'elle déverrouilla. Une fenêtre barreaudée, en hauteur, douchait de lumière cette pièce étroite, équipée d'un lit, d'une chaise, d'un évier sale et fendu, et d'un broc à eau.

— Attendez ici jusqu'à ce qu'on décide quoi faire de vous.

Après son départ, je m'effondrai sur le lit aux ressorts grinçants, le regard dardé au plafond pendant de longues et tristes minutes. Les pensées les plus noires lacéraient les derniers lambeaux de ma raison. Comment empêcher le cruel ressassement du destin, endiguer ce flot atroce ? Manon avait disparu, j'avais pensé pouvoir la retrouver, puis je l'avais crue morte, et on l'avait dite vivante, et maintenant de nouveau décédée. Depuis neuf ans ma fille n'était plus qu'une hypothèse, sans cesse remise en question. Me revint son beau visage, éclairé d'un sourire, le jour de mon départ pour New York. Je m'étais retournée sur le palier alors qu'elle refermait la porte. Calmement je l'avais vue disparaître au seuil de l'appartement. Que l'on saute en parachute, s'approche d'un ours ou roule trop vite sous la pluie, et l'on craint de ne plus revoir ceux qu'on aime. Mais personne ne s'abandonne à une telle pensée en voyant une porte palière se refermer. De Manon il ne restait rien, que des souvenirs, dont certains se dissipaient déjà. Et des ossements, des chairs ensevelies dans la terre de ce pays. Tout l'après-midi, je luttai pour ne pas sombrer dans la folie, cherchant dans la colère un dernier lien avec l'existence.

Bien après que les rayons du soleil eurent cessé de franchir la lucarne et que les lézardes des murs furent lissées par la pénombre, j'entendis des pas. Matthieu ouvrit la porte et entra, lent, le dos voûté, les traits tirés. Il s'assit en face de moi, se prit le visage entre les mains, les coudes sur ses genoux.

— Je suis tellement désolé, commença-t-il. Pour ta fille… pour toi… pour tout ce chemin…

Je me tus, indifférente à sa compassion, car je n'en éprouvais aucune pour moi-même.

— J'ai continué l'interrogatoire de Fatima. C'est le nom de cette femme qui s'est fait passer pour ta fille. En gros, elle s'est approprié son histoire. Manon était enceinte, elle est bien allée passer une échographie lorsque le missile a détruit l'immeuble où elle vivait avec le père de l'enfant. Puis elle a été exfiltrée à Racca où les deux femmes se sont connues. Fatima prétend qu'elle a aidé Manon à accoucher et à choisir le prénom de la petite…

À mesure qu'il parlait, l'apitoiement l'emportait sur la rage et je me tournai vers le mur pour pleurer à l'abri de son regard.

— Lorsque les FDS ont progressé, Fatima, Manon et la petite ont fui vers le sud. À Baghouz, et c'est là que Manon a été tuée par les bombardements de la coalition.

— Tu crois cette femme ? finis-je par demander.

Il approcha la chaise et posa sa main sur mon épaule. Je ne le repoussai pas. Je ne me retournai pas.

Mon corps acceptait cette chaleur réconfortante. Mon esprit s'en défendait.

— J'étais membre des forces spéciales au moment de Baghouz, confessa-t-il, d'une voix basse et douloureuse. Infiltration et transmission de renseignements… Je définissais les cibles, je communiquais leurs coordonnées. Grâce à nos moyens d'interception, j'écoutais, je repérais. À plusieurs reprises, j'ai entendu des Françaises parmi les djihadistes…

Il se tut, laissant infuser la possibilité qu'il ait espionné, sans le savoir, les derniers jours de Manon.

— Lorsque je signalais la présence d'un combattant dans un immeuble, on larguait une bombe d'une tonne, on rasait la moitié d'un quartier. En une fraction de seconde on avait transformé un pâté de maisons en parking. Et des frappes comme ça, il y en a eu des centaines. On a tué des milliers de civils. En février, on a marqué une trêve, pour permettre l'évacuation des blessés, des femmes et des enfants. Elles sont sorties par centaines des ruines, des tranchées, de ces tunnels où elles s'étaient terrées. Des légions hagardes de ces femmes entièrement voilées, leurs abayas noires blanchies par la poussière et leurs gosses qui n'avaient pas vu la lumière du jour depuis des semaines. Fatima s'est rendue à ce moment-là. Le passeport de Manon et la petite Marwa lui ont servi de sauf-conduit à Al-Hol et d'Al-Hol à Al-Roj.

J'amorçai un geste pour me retourner ; il retira sa main.

— Mais comment c'est possible ? martelai-je. Comme c'est possible que personne ne s'en soit rendu compte ?

— Fatima est marocaine, elle a étudié à Nice, elle parle couramment les deux langues, c'est ce qui lui a permis de berner tous ses interlocuteurs. Arabe avec les Arabes, française avec les Françaises. Elle est toujours restée en dessous des radars. Elle n'a jamais rien revendiqué. Elle a fait profil bas. Elle ne s'est jamais manifestée à aucune autorité. C'est pour ça que son nom n'a pas fait surface. S'il n'y avait pas eu cette liste de la Croix-Rouge, on n'aurait jamais eu vent de son existence… Enfin, *tu* n'aurais jamais eu vent de son existence, précisa-t-il.

Et sans moi, personne n'aurait pu remonter jusqu'à elle, pensai-je.

— Est-ce qu'elle t'a dit si Manon avait participé à cette guerre ? demandai-je du bout des lèvres, anxieuse de la réponse.

— Elle a déclaré que ni elle ni Manon n'avaient pris part à des attentats ou aidé à en préparer. Mais je ne vais pas te mentir, ce n'est pas son intérêt de me dire le contraire. Il faut que je recoupe ses informations.

J'étais dévastée. Fatima avait usurpé l'identité de Manon. Le capitaine Matthieu m'avait utilisée pour atteindre une cible potentielle. Manon était morte sous nos propres bombes. Comme tant d'autres, sacrifiés par le zèle prosélyte des fanatiques islamistes. Notre gouvernement assumait une politique de délaissement de mineurs en péril. Les Kurdes espéraient faire émerger une nation de ce magma. Les Turcs, naguère leurs alliés, les frappaient pour les en empêcher. Bachar el-Assad avait pratiqué la destruction systématique des villes, des villages de ses opposants, de leurs écoles et de leurs hôpitaux, avant de s'enfuir comme un vulgaire voleur. Vladimir Poutine, en l'aidant à se maintenir au pouvoir, avait renforcé son implantation militaire sur les rives de la Méditerranée. Puis il l'avait lâché, comme tous ses anciens alliés. Et maintenant, d'autres islamistes avaient pris le pouvoir et la question était de savoir s'ils toléreraient que les femmes chantent, dansent, fument, étudient, se promènent tête nue. La guerre avait fait plus de six cent mille victimes civiles en Syrie, qui avaient des millions de frères, de sœurs, de filles et de fils, de mères et de pères, déplacés, exilés dans leur propre pays, en Turquie, en Europe, jusqu'à nos rives, nos montagnes et nos ports, nos parcs, nos rues, nos tunnels, sous nos échangeurs routiers, en tous lieux où la démocratie infléchissait sa politique au gré des tensions induites par cette situation et des exacerbations, réelles ou supposées, que provoquait leur présence.

Un spasme irrépressible me projeta en direction du misérable évier où je vomis et continuai de hoqueter bien après que j'eus vidé mon estomac, comme si mon corps essayait d'expulser toutes les traces de cette monstrueuse bévue de l'histoire.

Matthieu dénoua son foulard, le plongea dans l'eau du broc et me le tendit pour que je m'essuie.

— Tu ne peux plus rester dans le camp, annonça-t-il. Tu as de la chance que la camarade Awara soit partie en cure révolutionnaire… elle aurait considéré que tu avais trahi sa confiance, et ici ils ont la prison facile. J'ai plaidé ta cause mais j'ai ordre de te ramener à Kameshli.

Je hochai la tête ; de toute façon je n'avais aucune intention de rester.

— Quand j'aurai terminé l'interrogatoire de Fatima, reprit-il, je la séparerai de l'enfant. Je remettrai Fatima aux Kurdes qui la jugeront et la jetteront en prison comme djihadiste. En tant qu'orpheline française inconnue, ta petite-fille pourra bénéficier d'un rapatriement. Ça ne pourra pas être refusé et, après un passage par l'Aide sociale à l'enfance et un séjour dans une famille d'accueil de quelques mois, elle te sera confiée…

— Ce n'est pas ce que je veux, répondis-je en l'interrompant. Fais ce que tu as à faire, mais sans m'impliquer.

L'offrande d'une petite-fille ne pouvait compenser ou alléger la perte de Manon. Je ne voulais pas de Marwa. Je ne considérais pas qu'elle était de mon sang. Elle ne parlait pas ma langue. Elle incarnait ce que j'exécrais. Son père était un terroriste. Elle était le fruit de la radicalisation de Manon. Elle était l'un des éclats ternes et couverts de sang de ma famille brisée, un enfant de la croyance absolutiste, pas de la concorde. Je n'éprouvais aucun sentiment pour elle, je n'en éprouverais jamais. Ni amour ni clémence. Pas même de pitié. Je la rejetais avec la même violence que j'avais été rejetée par Manon. Je regrettais d'avoir mis au monde ma fille, que mon ventre ait porté ce ventre d'où un jour Marwa avait été issue.

J'étais rentrée en France depuis trois mois. J'avais vendu l'appartement et contacté une entreprise de débarras. Je n'avais pas la force de vider les lieux moi-même. Je ne voulais rien garder, aucun meuble, aucun vêtement, aucun objet qui me rattache au passé. J'avais offert à la voisine, qui avait accepté de s'occuper de Stéthoscope lors de mon séjour en Syrie, de le garder définitivement. J'avais perdu ma fille, je pouvais abandonner mon chat. J'étais allée voir Sedel pour le remercier de l'aide qu'il m'avait apportée dans cette période. Je lui avais raconté dans le détail ce qui s'était passé au camp d'Al-Roj. À la question qu'il m'avait posée sur l'avenir, j'avais répondu que mon seul projet consistait à quitter cette ville. En attendant que l'appartement soit vidé, je restais assise, devant la fenêtre fermée du salon, observant l'inflorescence tendre des platanes moucheter peu à peu les immeubles d'en face. Certains jours d'avril, j'ouvrais la fenêtre, laissant pénétrer l'air doux du printemps, pour tester ma capacité à résister à l'attraction du vide.

La nuit je contemplais les incandescences de la ville, ses lumières irisées par les averses, l'obscurité biffée par les phares des voitures ; rien ne résonnait mieux avec la sensation que j'éprouvais d'être arrêtée au bord d'une vie dont le cours s'emballait.

Un après-midi, la sonnette de l'appartement retentit. Je n'attendais plus personne depuis longtemps et me dirigeai prudemment vers la porte. Matthieu s'annonça, il était de retour en France pour quelque temps, bénéficiant de ce que dans son jargon on appelait une « aération ». Il tenait absolument à me parler. Je lui ouvris, le découvrant dans une tenue civile, un pantalon en toile, une chemise bien coupée et un blouson en cuir jeté sur l'épaule. Sa présence raviva aussitôt les blessures. Face à lui, j'essayai de conserver mon calme, mais j'avais envie de pleurer. Je m'effaçai pour le laisser entrer dans l'appartement et il comprit que j'étais sur le point de le déserter, m'indiquant alors qu'il était venu me raconter la véritable histoire de Manon.

Après mon départ d'Al-Roj, il avait interrogé Fatima à plusieurs reprises, essayant de démêler le vrai du faux. La jeune femme, prête à tout pour échapper aux geôles kurdes, souhaitait négocier un sort meilleur et lui avait confié la vérité, dont une partie cruciale concernait ma fille. Et il jugeait que ces éléments devaient être portés à ma connaissance.

Assise, je l'écoutai avec attention, emportée à mesure du récit sur la voie d'une désolation extrême.

Manon était réellement tombée amoureuse d'Ayoub Zaouche, qui lui avait menti et l'avait manipulée dès le premier instant. Elle avait accepté de se convertir par amour et l'avait rejoint en Turquie pour l'épouser, juste avant de passer la frontière syrienne. Abreuvée d'idéaux – « Bachar massacre notre peuple épris de liberté, il faut sauver nos frères musulmans » –, Manon s'était investie dans la religion, ignorante du rôle joué par Zaouche dans l'attentat du Prado à Tunis. Elle avait pratiqué avec ferveur et avait tenté d'apporter protection aux populations victimes de la guerre civile, en accord avec son désir ancien d'être médecin dont l'évocation me toucha profondément, comme si, malgré tout, une alliance s'était produite par-delà l'éloignement. Puis, rapidement, Zaouche lui avait proposé de se rendre en Irak, à Mossoul, où le califat avait besoin d'aide pour soigner les blessés d'un conflit injuste. Ma fille ignorait que Zaouche s'y rendait, en fait, pour intégrer le bureau qui supervisait les opérations extérieures menées par l'État islamique. Cependant, lorsque six mois plus tard son mari exulta après la réussite des attentats de Paris – l'attaque du Bataclan et des terrasses de café –, Manon ouvrit les yeux. Le retentissement fut tel à Mossoul qu'il ne lui fut plus possible d'ignorer que son mari opérait à haut niveau dans l'organisation terroriste, d'autant qu'il revendiquait désormais sa participation à l'attentat du musée du Prado. Manon voulut partir, elle demanda le divorce, mais son mari refusa. Zaouche désirait offrir un lionceau au califat et elle serait celle qui le porterait. Ma fille tenta de se procurer un téléphone et s'enfuit, mais elle fut reprise et envoyée quelques semaines dans une école de redressement, avant d'être rendue à son mari. À partir de ce moment-là, Ayoub Zaouche avait séquestré Manon et l'avait violée régulièrement, jusqu'à ce qu'elle tombe enceinte, fin août 2016. En janvier 2017, Zaouche avait voulu connaître le sexe de l'enfant et il avait adressé sa femme, sous escorte, à un centre d'échographie, précisément le jour où les Américains avaient bombardé sa maison. Dans les semaines suivantes, Manon et son précieux ventre n'avait eu d'autre choix que de suivre une partie de l'état-major de Daech qui, pressentant la chute de Mossoul, s'était replié sur Racca. C'était donc là-bas, en Syrie, dans une *madâfa*, qu'elle avait rencontré Fatima, échappée du campement d'Omar Diaby, un djihadiste d'origine française. Fatima rejetait la violence de son mentor et ses comportements vis-à-vis des femmes. Les deux s'étaient attachées l'une à l'autre et, lorsque les forces de la coalition internationale avaient commencé à bombarder Racca, Fatima avait aidé Manon à accoucher sous les bombes en juin 2017.

À ce point du récit, Matthieu marqua une pause et, tandis que je ne pouvais plus retenir les sanglots, il me demanda s'il devait s'arrêter. Je lui fis signe de poursuivre, l'entendant me certifier que Manon avait émis le regret, à la naissance de Marwa, que je ne puisse connaître ma petite-fille. Trois mois plus tard, Manon fut blessée lors de frappes aériennes sur Racca. Devant la progression des Forces démocratiques syriennes, la situation était devenue telle que les femmes furent entassées à bord de camions et évacuées vers le sud, le long de l'Euphrate, en direction de la ville de Deir ez-Zor, reprise à son tour peu de temps après. Les deux femmes et la petite fuirent à nouveau jusqu'à al-Baghouz, à la frontière irakienne. Manon, blessée, s'épuisa à allaiter la petite Marwa. Considérablement affaiblie, ce fut effectivement là, dans les tunnels d'al-Baghouz, qu'elle trouva la mort en février 2018. Marwa était alors âgée de huit mois et Fatima dut trouver du lait maternisé pour la nourrir. Elle s'occupa de la petite. Le reste de l'histoire, la sortie des tunnels, l'usurpation de camp en camp, je le connaissais.

— Ma fille n'a jamais eu de sang sur les mains, dis-je une fois qu'il se fut tu.

— Non, c'est l'inverse, elle a sauvé et soigné des dizaines de personnes. Manon est une victime et sa fille en est une, encore plus.

— Je sais où tu essayes de m'emmener, Matthieu.

Il fit non de la tête, baissa les yeux.

— Je n'essaye rien, Hélène. Je ne t'emmène nulle part. C'est moi qui y vais, c'est cela que je suis venu te dire, répondit-il d'un souffle. À Baghouz, j'ai vu des petites filles mourir, la bouche transpercée par un éclat, perdre une jambe, ou être éventrées par une balle militaire. J'ai vu des petits garçons perdre la vue à cause des éclats de verre, ou être brûlés par nos bombes incendiaires. J'ai peut-être guidé moi-même celle qui a tué ta fille.

Il releva le visage, ému, osant se montrer tel qu'il était, à la fois courageux et vulnérable, en quête d'une rédemption à laquelle je ne pouvais pas participer.

— Après Baghouz, j'ai quitté le terrain parce que je ne supportais plus tout ça. Et au bout du compte j'ai accepté cette mission à Al-Roj en me disant que si je sauvais certains de ces gosses, j'aurais une chance de trouver la paix. Mais dans ce camp, c'est à ma propre colère que j'ai été confronté... Enfin, comment peut-on penser qu'à trois ans ils sont malfaisants ? Comment peut-on condamner des enfants au nom de ce qu'ont fait leurs parents ? Il ne se passe pas une journée sans que je me demande comment nous avons pu passer de la présomption d'innocence à la présomption de culpabilité. Les djihadistes ne regrettent pas leurs actes car pour eux la vie sur terre n'a pas de valeur. Des parents équipent leur fils ou leur fille d'une ceinture d'explosifs, ils les envoient se faire exploser dans les hôpitaux, et la détonation retentit pour eux comme une merveilleuse nouvelle. Mais nous, on n'est pas comme ça. Nous, on est perclus de regrets, c'est pour ça qu'on choisit la vie et pas la mort, pour avoir le temps de corriger.

— C'est ce que tu veux faire, corriger ? demandai-je.

— C'est ce que j'ai décidé de faire. Un rapatriement est prévu dans quelques semaines. De patientes négociations pour éviter que la Syrie ne s'effondre comme un château de cartes ont permis d'aboutir à ce résultat. La petite Marwa sera du voyage, quoi qu'il arrive. Fatima sera à bord du même avion. Elle dispose de renseignements précieux sur l'organisation du camp d'Omar Diaby, à la frontière turco-syrienne. Elle a accepté de collaborer avec l'État français. Elle est prête à passer plusieurs années en prison, ici, sachant qu'après avoir purgé sa peine elle recouvrera la liberté et retournera au Maroc.

Mon cœur avait cessé de battre lorsque Manon avait été happée par le fondamentalisme islamique et j'ignorais s'il serait un jour capable de s'animer à nouveau. Je me demandais si, une fois sa peine écoulée, Fatima aurait envie de revoir Marwa, s'il y avait la moindre possibilité que cette maternité de façade ait généré un lien durable dans le cœur de cette femme. Quant à Marwa, oublierait-elle jamais la personne qui l'avait sortie des tunnels d'al-Baghouz et l'avait élevée ? Je ne parvenais pas à me sentir concernée. Au cours de cette décennie de quête incertaine à la recherche de ma fille, j'avais vu la radicalisation semer la désolation et le détachement de l'autre, les nationalismes exalter l'enfermement sur soi, exacerber le désir de conquête, la haine se propager entre ceux qui possédaient presque tout et ceux qui n'avaient plus rien, la férocité et le sentiment d'impunité se développer à l'abri des écrans.

Bachar el-Assad avait trouvé refuge à Moscou ; Kim Jong-un avait engagé ses troupes en Ukraine aux côtés de celles de Vladimir Poutine ; Benyamin Nétanyhaou se prétendait libérateur et agissait en criminel de guerre ; Donald Trump rêvait de transformer la bande de Gaza en station balnéaire au bord de la Méditerranée ; en Afghanistan, les talibans muraient les fenêtres des maisons pour que les femmes soient invisibles, leur interdisaient de chanter pour les faire taire ; à Téhéran, la police tuait ou emprisonnait des étudiantes pour une chevelure au vent ou un sous-vêtement apparent ; Xi Jinping jugeait la réunification avec Taïwan inévitable et préparait la Chine à en découdre militairement ; Recep Erdoğan ne masquait plus sa nostalgie de l'Empire ottoman. Il semblait que la seule permanence sur cette planète soit celle des autocrates et des impérialistes, que je rendais collectivement responsables de l'assassinat de ma fille.

Je savais que le plus sûr moyen de s'élever au-dessus des barbares consistait à faire l'éloge de la complexité, qu'entre la mort et la vie, nous devions invariablement choisir d'accompagner la vie et ses ambiguïtés. Mais ce jour-là, ce fut au-dessus de mes forces.

Je laissai donc partir Matthieu qui, sur le palier, ajouta cette dernière phrase : « Quand ces enfants seront majeurs, quand ils auront compris qu'on les a abandonnés, ils deviendront nos pires ennemis », puis il recula et je vis son visage disparaître derrière cette même porte qui avait effacé celui de Manon, dix ans auparavant.

ÉPILOGUE

Un matin, je me réveillai différente. Le manque, ce compagnon envahissant de mes pensées, cette insupportable privation qui régentait mon existence, avait changé de nature. Désormais une carence nouvelle s'y greffait, un vide, non pas additionné au précédent, mais un vide à côté, qui se creusait pour son propre compte, sans lien avec la disparition de Manon. Depuis sa visite, le besoin de revoir Matthieu se développait, quasiment à l'encontre de ma volonté. La possibilité que je puisse séparer ma relation avec cet homme de ce qui avait été la raison de notre rencontre s'imposait peu à peu. J'acceptais que ce désir puisse ne pas être un affront à la mémoire de Manon, mais un moyen de l'accompagner, un chemin vers la réparation. Toute une journée je me retins de composer le numéro de téléphone qu'il m'avait laissé. Je me demandai si cet homme avait envisagé de partager avec moi autre chose qu'une mission de plus. Et puis, ne sachant combien de temps allait durer son séjour en France, s'il n'était pas déjà reparti dans les sables syriens, je ne voulus pas gâcher une chance, une fois encore. Je rassemblai mes forces pour l'appeler et, sans réserve ni faux-semblant, lui avouai que j'avais envie de le revoir, car la seule chose dont j'étais persuadée était que nous ne pouvions ni l'un ni l'autre nous permettre le moindre malentendu. Alors Matthieu répondit qu'il restait encore soixante-douze heures en France et me proposa de les passer ensemble.

Ce fut ainsi que nous réapprîmes à ressentir du bien.

À l'approche du retour de Marwa, je contactai Matthieu et lui demandai si je pouvais assister à son arrivée en France. À sa requête, le brigadier Malbeque accepta de m'accueillir dans sa voiture, à condition que je ne quitte pas l'habitacle. Il m'informa du protocole. Après l'atterrissage, les enfants seraient confiés à des médecins, qui les examineraient avant de les remettre aux fonctionnaires de l'Aide sociale à l'enfance. Les femmes djihadistes seraient présentées aux magistrats qui les attendaient dans les salons de l'aéroport. À chacune on signifierait sa garde à vue, puis l'instruction débuterait.

À présent, les puissants phares blancs du Hercules C-130 de l'armée française transperçaient l'obscurité, révélant le rideau de pluie qui s'abattait sur l'aéroport militaire de Villacoublay. L'avion, en se posant, souleva des gerbes d'eau et l'étau des mâchoires de frein dégagèrent d'importants nuages de vapeur.

Malbeque actionna les essuie-glaces et je vis distinctement l'avion s'immobiliser en bout de piste, puis commencer à manœuvrer en direction d'un regroupement de berlines officielles, véhicules de police et ambulances, desquelles s'extrayait maintenant une forêt de parapluies. Entre les juges, le personnel médical, les représentants de l'Aide sociale à l'enfance et les forces de l'ordre, près d'une centaine de personnes étaient mobilisées cette nuit du 9 juin 2025.

Lorsque l'avion s'immobilisa, le hayon arrière s'ouvrit lentement, libérant d'abord des hommes en armes, membres du GIGN, chargés du rapatriement, qui formèrent deux rangées entre lesquelles une dizaine de femmes firent leur apparition. Elles avaient troqué l'abaya pour le jogging et avaient ôté leur voile et leur foulard, défilant docilement entre les hommes armés, dirigées les unes après les autres vers plusieurs monospaces où elles prirent place pour rejoindre les salons de l'aérogare dans lesquels les attendaient les magistrats. Je savais que Fatima était parmi elles, mais à cette distance je ne pouvais dire laquelle c'était.

Puis ce fut le tour des enfants. Je devinais à leur attitude hésitante qu'ils étaient impressionnés par le bruit, la pluie, les lumières qui éclairaient fortement la scène, ainsi que par le groupe de médecins et d'infirmiers qui se précipitaient pour les accueillir et les entraîner à l'abri. La plupart avaient l'âge de marcher, mais les plus jeunes étaient portés par des soldats. Je reconnus sans peine Matthieu, qui fermait la marche avec une petite fille à son côté, que je savais être Marwa. Lorsqu'il voulut la confier à une infirmière, l'enfant s'échappa et se précipita pour suivre les éclats irisés des feux arrière d'un monospace qui s'éloignait sur le tarmac. Mathieu la rattrapa et la serra dans ses bras, la protégeant sous la pluie battante. Il lui parla longuement à l'oreille, un doux murmure en arabe dans l'intempérie du ciel.

J'observais à distance ce lien subtil désormais établi entre eux, d'une nature analogue à celui tissé par Marwa avec sa mère d'adoption et, dès les premiers mois de sa vie, avec Manon, comme moi-même j'étais restée inaltérablement tramée à ma fille, malgré sa disparition.

— J'ai besoin de la voir de plus près, lâchai-je, mue par la puissance de ces loyautés familiales invisibles.

— Vous savez qu'on ne peut pas, répondit Malbeque.

— Je n'ai vu ma petite-fille qu'une fois, là-bas, et j'étais tellement choquée, insistai-je. Vous, vous savez ce que j'ai traversé, depuis le début. On ne met en danger personne.

Quelques minutes plus tard, il m'escorta à l'intérieur du hall et nous nous postâmes devant le salon où les enfants étaient pris en charge. Présentant sa carte tricolore, il entra et rejoignit Matthieu qui tenait Marwa par la main. Les deux hommes tinrent un rapide conciliabule à la suite duquel Matthieu s'avança vers moi en compagnie de la petite.

Je fixai ses yeux ronds et inquiets, détaillai chacun de ses traits, happée de nouveau par leur extraordinaire similitude avec ceux de ma fille, mais aussi consciente, cette fois, de leurs différences. Cette altérité, davantage que sa ressemblance avec Manon, m'obligeait. Ici, au seuil du salon sans âme d'un aéroport, encombré de fonctionnaires affairés et d'enfants égarés, l'amertume de ces terribles années fut balayée par l'émotion. Ma petite-fille approchait et je pris la décision de la protéger, de l'accompagner, afin que son sang ne devienne jamais un sang ennemi, qu'elle se détourne des chemins du fanatisme et du rejet pour qu'ensemble nous puissions agir afin que cesse l'écartèlement du monde. Et lorsque nous fûmes proches l'une de l'autre, j'osai lui tendre une main qu'elle osa saisir.

REMERCIEMENTS

Ce roman n'aurait jamais existé sans l'amitié et la confiance du lieutenant-colonel François Guignard, passionnant portraitiste des humanités blessées et arpenteur des arcanes moyen-orientaux. Nos entretiens ont fourni à la fiction le nécessaire carburant du réel. Je tiens également à remercier Roj Rojava, engagé volontaire au côté des Kurdes, pour son courage et le récit de son expérience de combat contre Daech. Merci également à M. Ibrahim Al Haddad pour le temps qu'il m'a accordé et sa pugnacité à déjouer les amalgames. Merci à M. Lionel Benharous pour son entremise et sa défense sans relâche de la laïcité. Une attention toute particulière au docteur Isabelle D., dont les suggestions et les conseils m'ont été précieux tout au long de l'écriture ; sans elle Hélène n'aurait pas existé. Un remerciement ému à Betty Mialet et Bernard Barrault pour toutes les feuilles parcourues ensemble. Enfin, je remercie Stéphane-France Léger d'avoir accompli la rude tâche de lire en premier, ainsi que Lilou et Ilona d'avoir l'âge de changer ce monde.

Cet ouvrage a été mis en page par IGS-CP
à L'Isle-d'Espagnac (16)

Les Éditions Flammarion sont investies dans une démarche active
pour l'empreinte environnementale de leurs parutions.
Ainsi, le livre que vous tenez entre vos mains a été imprimé en France
sur des papiers issus de forêts gérées durablement,
par un imprimeur engagé dans la protection de l'environnement.

CET OUVRAGE
A ÉTÉ ACHEVÉ D'IMPRIMER
SUR ROTO-PAGE
PAR L'IMPRIMERIE FLOCH
À MAYENNE EN SEPTEMBRE 2025

N° d'édition : 635953-0. N° d'impression : 107610
Dépôt légal : octobre 2025
Imprimé en France